한국 현대 소설의 이해와 감상 1

김해옥 편저

국학자료원

-머리말-

　소설 속에는 환경과 인간들이 만들어내는 다양한 삶이 작가의식이라는 프리즘을 통해 펼쳐지고 있다. 소설 속에서 우리는 수많은 인물들을 만날 수 있고 그들이 펼쳐내는 고통과 번민을 공유하며 인생에 대한 사색의 깊이를 더할 수 있다.

　이 책은 한국 현대 소설사에서 대표적인 작가와 작품을 선별하여 묶은 것이다. 먼저 작가에 대한 간단한 약력을 소개하고 작품 세계를 개관하였으며 작품을 이해하고 감상할 수 있는 토론거리도 만들어 보았다. 현대 소설에 관심 있는 많은 독자들이 여기에 수록된 작품들을 읽으며 그 시대의 삶을 반추해볼 수 있기 바란다.

　현대 소설 작가들은 소설의 풍경 속에서 인생의 기쁨과 슬픔을 말하고 오늘의 현실을 넘어서 미래에 대한 유토피아를 꿈꾸기도 하였다. 김동인의 『배따라기』에는 충동적인 본성을 가진 인간의 파멸과 자기 연민이 투시되고, 이상의 『날개』에는 현실과 정상적으로 관계를 맺지 못한 지식인의 불안한 내면 풍경이 담겨져 있다. 우리는 한국 현대 소설 속에서 이야기 문학으로서의 재미뿐만 아니라 삶을 바라보는 지혜의 자양분을 얻을 수 있다. 여기 실린 작품들은 한 시대를 치열하게 살면서 한국어를 갈고 닦은 작가들의 자기 연소의 산물이라는 점에서 한국문학을 빛나게 하는 값진 유산들이다. 이 책이 많은 독자들에게 한국문학에 입문하는 지름길이 되기를 바란다.

2005년 5월 10일
방이 동산 앞뜰에서
김해옥

- 목차 -

1. 1920년대 현대 소설의 성격

3. 1운동은 독립 운동을 계기로 문화 운동이 가능해지면서 한국문학이 현대 문학으로 이행하는데 결정적인 전기를 마련하게 된다. 지식인과 일반 대중이 거족적으로 참여한 3.1운동은 현실적으로 좌절되었으나 민족 현실을 객관적으로 검토하고 대응하는 반성적 의식으로 확산되었다. 또한 3.1운동으로 일제가 언론, 출판, 집회, 결사, 종교의 부분적으로 허용하면서 문화운동이 가능하게 되었다. 1919년의 『창조』가 속간되었고 다음해 조선일보와 동아일보가 발간되었다. 이외에도 『개벽』과 『폐허』의 발간, 1921년 「장미촌」, 1922년 「백조」의 창간으로 한국 현대 문학의 개화를 위한 토대를 마련하였다.

1920년대 소설은 민족의 당면한 현실을 사실적으로 성찰하여 객관적으로 묘사하는 리얼리즘을 실천하는 것이 과제였다. 시민 계급의 문학인 리얼리즘은 피지배계층의 일상적인 생활의 궁핍에 대한 사실적 반영을 중시하였으며 이것은 비판적 리얼리즘의 창작 방법으로 나타났다. 이러한 리얼리즘의 개화를 위해서 1920년대 소설들은 이광수나 최남선의 계몽주의 문학의 추상성에서 벗어나려고 하였다. 이러한 흐름은 20년대 소설사에 있어서 자아, 개성의 해방을 통한 현실에 대한 사실적이고 비판적인 탐구로 나타난다.

이광수의 계몽적인 문학관으로부터 벗어나 문학의 자율성의 가치를 인식하려는 시도는 먼저 김동인에 의해 시작되었다. 이광수의『무정(無情)』이 신소설의 이행기 문학의 특성을 극복하고 근대 소설의 가능성을 보여주었다면, 김동인의 문학은 문학의 자율성과 심미성을 중시하는 현대소설로의 이행의 계기를 마련해주었다. 김동인의 창작 태도는 의식적이고 도전적으로 이광수 문학의 극복을 명제로 삼았다. 그는 춘원의 계몽주의 문학관에 반발하면서 '미(美)'의 우월성에 바탕을 둔 순수문학론을 주장하였다. 이것은『창조(創造)』지의 창간과 더불어 1920년대 근대소설의 지각 변동으로 나타났다.[1]

김동인은『감자』의 '복녀'와 같은 입체적인 인물의 성격을 창조하여 춘원의 인물과는 다른 개성적인 인물상을 구현하였다. 그는 탄탄한 플롯과『배따라기』에서 보여준 것과 같은 소설의 문체에 대한 세심한 배려로 단편 소설의 기반을 확고히 하였다. 그는 정확하고 참신한 표현과 현대적 감수성에 바탕을 둔 심리 표현을 소설의 언어미학으로 완성시킨 대표적인 한국의 소설가이다.

현진건(玄鎭健)은 비판적으로 사실주의를 심화시켜 모순과 부조리로 가득찬 궁핍한 당대 현실사회를 단편소설의 집중성을 통해 반영한 작가이다. 그는『빈처』에서와 같이 사소설적인 주관적 단상의 필치에서『운수좋은 날』의 3인칭 시점으로 이행하면서 대상을 객관적으로 형상화하는 리얼리즘의 심화된 경지를 보여주었다.『운수좋은 날』의 김첨지,『불

---

1) 이재선,『한국현대소설사』, 홍성사, 1984,(1979). pp.217-220

』의 순이,『고향』의 '그'와 '그여자'『술 권하는 사회』의 남편은 궁핍한 현실로부터 고통을 겪는 인물들로서 작가는 이들이 사회의 전체성을 인식하지 못하면서 상황의 희생자로 전락한다. 작가는 개인적으로 저항하는 인물들의 모습을 통하여 인간과 환경의 교호작용 속에서 그 시대의 단면을 환기시키는 단편 소설의 리얼리즘적 가능성을 보여주었다.

염상섭은 김동인의 간결하고 박력 있는 문체와 대조적으로 만연체의 문장으로 20년대 한국의 정신적 혼란상을 그린『표본실의 청개구리』『만세전』등을 발표하였다. 식민지 지식인의 정신적 고뇌와 어두운 사회 현실을 그린 이 소설에서 절대적인 위협아래 불안과 공포에서 헤어나지 못하는 주인공의 어두운 심리 세계를 포착하여 자연주의적이며 심리주의적인 소설로서의 가능성을 보여주었다. 지식인의 비판적인 자기 성찰이 담겨진『만세전(萬歲前)』은 암울한 시대의 삶을 구체적으로 발견하여 식민지하의 궁핍한 현실을 생명력이 거세된 죽음의 묘지로 묘사하고 있다. 염상섭의 비판적 리얼리즘의 창작 경향은 30년대에 창작된 장편 소설『삼대』에서 인물과 환경의 교호 작용 속에서 당대 현실을 총체적으로 반영하는 리얼리즘의 심화된 단계를 보여주었다.

감상적 낭만주의 경향을 보여준 나도향은『지형근』에서는 식민지의 사회적 궁핍상에 관심을 보였다.『뽕』,『물레방아』의 작품은 가난 때문에 매춘과 간음을 하는 여성 인물들을 그리면서도 이를 도덕적 타락이나 궁핍한 민족의 현실이라는 보편적 상황의 문제로 접근하지 않았다. 나도향은 이것을 인간의 욕망의 문제와 결부시켜 당대의 신경향파 작가나 비판적 리얼리즘 작가와는 다른 낭만적 사실주의의 독자적인 영역을 탐구하였다.『벙어리 삼룡이』에서는 사회적 신분의 차이에도 불구하고 인간적 욕망을 향하여 행동하는 인물들을 통하여 낭만적인 리얼리즘의 독특한 색채를 보여주었다.

1925년은 박영희와 김기진이 주도하는 염군사와 문학 동인의 파스큘라가 모태가 되어 조선 프롤레타리아 예술 동맹(KAPF)을 결성되면서 계급문학의 조류를 형성하게 된다. 이 계열의 작품들은 당대의 사회적 문제인 가난과 빈궁을 사회적 계급의 차원에서 다루었다. 비판적 리얼리즘 작가들과는 달리 이들은 정치적 경향성에 입각하여 소작인, 노동자등의 하층인물들(무산계층)을 주인공으로 등장시켜 지주, 자본가와 같은 유산계층과의 이분적인 대립을 서사 갈등의 중심으로 내세우는 서사의 전략을 공식화하였다.

신경향파문학은 카프의 문학처럼 조직적 운동에 의한 것은 아니었으며 단순한 빈궁문학 혹은 반항문학으로서 자연 발생적인 성격이 강하였다. 빈궁에 대한 문제에 접근하는 방식도 개인적인 울분이나 추상적인 정의감에서 비롯된 것이 많았으며 이러한 신경향파 문학의 특성은 나중에 카프 문학론자들로부터 경향성이 부족하다고 비판받기도 하였다. 박영희와 김기진의 신경향파 소설들은 농민 노동자와 같은 무산 계층의 삶이 관념적으로 형상화되어 소설 미학적인 완성도에서 미흡한 면이 있었다. 이런 측면에서 자신의 실제 간도 체험 내용을 담고 있는 최서해의 신경향향파 소설은 사소설, 자전적소설의 성격을 지니면서 박영희나 김기진의 관념적 성향을 극복하였다.

최서해는 일제 식민지 치하에서 삶의 터전을 잃은 하층민의 삶을 체험에 입각한 사실주의적 태도로 묘사하여 빈궁의 문제를 확대했다. 그는 체험을 바탕으로 빈궁문학의 리얼리티를 살려내었다.『탈출기』의 서간체 형식의 1인칭 소설은 서술적 자아와 경험적 자아의 긴장을 통해 소설적 상황을 핍진성과 진실성에 입각하여 전달하는데 성공하였다.『탈출기』,『홍염』,『기아와 살육』에서는 신경향파 문학의 전형적인 결말구도인 반항, 살인이나, 폭력, 자살로 종결되는 공식성을 보여주기도 하였다.

사회주의 문학운동으로 당파적 인식이 미흡했던 신경향파 문학이 보다 투철한 이념적 자각과 전투적 자세를 갖추게 된 것은 카프가 발족된 1927년 무렵이다. 이후의 프롤레타리아 문학에서는 계급적 인식을 보다 강조했으며 프롤레타리아 계급 혁명의 이상을 서사적 전망으로 그리는 사회주의 창작방법론이 제시되기도 하였다. 사회주의 리얼리즘을 창작 방법론으로 실천한 작품은 조명희의『낙동강』을 들 수 있다.『낙동강』은 사회주의 운동가와 애인인 로사가 사회주의 이념을 성취하는 과정에서 애인의 죽음이라는 인생의 도도한 흐름을 맞이하는 과정이『낙동강』의 자연 대상과 융합되어 서정적으로 그려지고 있다. 이 작품은 사회주의 국가 건설에 대한 작가의 전망을 분명히 제시하고 있다는 점에서 한국 사회주의리얼리즘의 효시로서 평가받는 작품이다.

2. 김동인(金東仁 : 1900 ~ 1951)

작가소개

① 1900년 : 평안남도 평양에서 기독교 장로인 김대윤과 옥씨사이의
3남 1녀 중 차남으로 출생하였다

② 1918년(19세) : 김혜인과 결혼한 후 일본으로 건너가서 도쿄 미술학
교에 입학했다

③ 1919년(20세) : 주요한과 동인지『창조』를 창간하고 창간호에『약한
자의 슬픔』을 발표하였다.

④ 1921년(22세) : 단편『배따라기』,『전제자』등을 발표하였으며『창조』
가 폐간되었다.

⑤ 1923년(24세) : 단편『태형』등을 발표하였다

⑥ 1925년(26세) : 단편『감자』,『시골 황서방』등을 발표하였다.

⑦ 1929년(30세) :『광염소나타』를 발표하였고 이듬해에 장편『젊은
그들』을 동아일보에 발표하였다.

⑧ 1932년(33세) : 단편『붉은 산』,『발가락이 닮았다』등을 발표하고

조선일보 학예부장을 재직하였다.

⑨ 1933년(34세) : 장편 『운현궁의 봄』을 조선일보에 연재했다.

⑩ 1939년(40세) : 중편 『김연실전』을 발표하고 만주를 다녀왔으며 1951년(52세)에 사망했다.

작품세계

김동인의 문학 세계는 현실을 있는 그대로 객관적으로 파악하고 실증적으로 삶의 국면을 해부하려고 한다는 점에서 자연주의적 사실주의의 특징을 보여준다. 그는 『감자』에서 복녀의 도덕적인 타락은 가난과 비도적적인 환경과 깊은 관련이 있는 것으로 조명하고 있다. 후기 작품인 『김연실전』에서도 주인공의 타락을 가족적 환경에 원인이 있는 것으로 설정하고 있다는 점에서 환경결정론에 바탕을 둔 자연주의 작가로서의 면모를 보여주고 있다.

김동인 소설의 인물의 특징은 이성적 사고보다는 감정이나 격정적인 본능에 의해 행동한다는 공통점을 보여준다. 『배따라기』에서는 형제간의 삼각관계가 형의 감정적이고 본능적인 살인 행위로 발전하고 ,『광염소나타』에서 백성수의 예술가로서의 광기는 본능적인 충동에 의해 움직이는 인간 존재를 해부하려는 작가의 자연주의적 인간관을 반영하고 있다.

김동인은 소설 미학적 측면에서 『배따라기』와 같은 액자 소설의 독특한 양식을 보여주었고 서술형 과거 시제를 사용하여 대상과의 서사

적 거리를 객관적으로 유지하고 있다. 『감자』에서처럼 작가가 인물의
감정에 개입하지 않고 객관적으로 묘사하는 사실주의적 기법을 발전시
켰다고 할 수 있다. 『배따라기』에서는 삼인칭 대명사의 사용으로 화자
가 대상에 대해 관찰자적 시점에서 보고하는 형식을 보여주기도 하였
다.

– 배 따 라 기–

　좋은 일기이다.

　좋은 일기라도 하늘에 구름 한 점 없는――우리 사람으로서는 감히
접근 못할 위엄을 가지고, 높이서 우리 조고만 사람을 비웃는 듯이 내려
다보는, 그런 교만한 하늘은 아니고, 가장 우리 사람의 이해자인 듯이
낮게 뭉글뭉글 엉기는 분홍빛 구름으로서, 우리가 서로 손목을 잡자는
그런 하늘이다. 사랑의 하늘이다.

　나는, 잠시도 멎지 않고 푸른 물을 황해로 부어내리는 대동강을 향한,
모란봉 기슭, 새파랗게 돋아나는 풀 위에 뒹굴고 있었다.

♣

　이날은 삼월 삼질, 대동강에 첫 뱃놀이하는 날이다. 까맣게 내려다보
이는 물 위에는, 결결이 반짝이는 물결을 푸른 놀잇배들이 타고 넘으며,
거기서는 봄향기에 취한 형형색색의 선율이 우단보다도 부드러운 봄공

기를 흔들면서 날아온다. 그리고 거기서 기생들의 노래와 함께 날아오는 조선 아악(雅樂)은 느리게, 길게, 유창하게, 부드럽게, 그리고 또 애처롭게―모든 봄의 정다움과 끝까지 조화하지 않고는 안 두겠다는 듯이 대동강에 흐르는 시커먼 봄물, 청류벽에 돋아나는 푸르른 풀어음, 심지어 사람의 가슴 속에 봄에 뛰노는 불붙는 핏줄기까지도, 습기 많은 봄공기를 다리 놓고 떨리지 않고는 두지 않는다.

봄이다. 봄이 왔다.

부드럽게 부는 조고만 바람이, 시커먼 조선 솔을 꿰며, 또는 돋아나는 풀을 스치고 지나갈 때의 그 음악은, 다른 데서는 듣지 못할 아름다운 음악이다.

아아, 사람을 취케 하는 푸르른 봄의 아름다움이여! 열다섯 살부터의 동경(東京) 생활에 마음껏 이런 봄을 보지 못하였던 나는, 늘 이것을 보는 사람보다 곱 이상의 감명을 여기서 받지 않을 수 없다.

평양성 내에는 겨우 툭툭 터진 땅을 헤치면 파릇파릇 돋아나는 나무 새기와 돋아나려는 버들의 어음으로 봄이 온 줄 알 뿐 아직 완전히 봄이 안 이르렀지만, 이 모란봉 일대와 대동강을 넘어 보이는 가나안 옥토를 연상시키는 장림에는 마음껏 봄의 정다움이 이르렀다.

그리고 또 꽤 자란 밀보리들로 새파랗게 장식한 장림의 그 푸른 빛, 만족한 웃음을 띠고 그 벌에 서서 내다보는 농부의 모양은 보지 않아도 생각할 수가 있다.

구름은 자꾸 하늘을 날아다니는 모양이다. 그 밀 위에 비치었던 구름의 그림자는, 그 구름과 함께 저편으로 물러가며, 거기는 세계를 아까 만들어놓은 것 같은 새로운 녹빛이 퍼져 나간다. 바람이나 조금 부는 때는, 그 잘 자란 밀들은 물결같이 누웠다 일어났다. 일록일청(一綠―

靑)으로 춤을 춘다. 그리고 봄의 한가함을 찬송하는 솔개들은 높은 하늘
에서 동그라미를 그리면서 더욱더 아름다운 봄에 향기로운 정취를 더
한다.

　　다스한 봄정에
　　솟아나리다
　　다스한 봄정에
　　솟아나리다.

　나는 두어 번 소리나게 읊은 뒤에 담배를 붙여 물었다. 담뱃내는 무럭
무럭 하늘로 올라간다.
　하늘에도 봄이 왔다.
　하늘은 낮았다. 모란봉 꼭대기에 올라가면, 넉넉히 만질 수가 있으리
만큼 하늘은 낮다. 그리고, 그 낮은 하늘보다는 오히려 더 높이 있는
듯한 분홍빛 구름은 뭉글뭉글 엉기면서 이리저리 날아다닌다.
　나는 이러한 아름다운 봄경치에, 이렇게 마음껏 봄의 속삭임을 들을
때는 언제든 유토피아를 아니 생각할 수 없다. 우리가 시시각각으로
애를 쓰며 수고하는 것은 그 목적은 무엇인가? 역시 유토피아 건설에
있지 않을까.
　유토피아를 생각할 때는 언제든 그 '위대한 인격의 소유자'며 '사람
의 위대함을 끝까지 즐긴' 진나라 시황『秦始皇』을 생각지 않을 수 없다.
　우리가 어찌하면 죽지를 아니할까 하여, 동남삼백을 배에 태워 불사
약을 구하려 떠나보내며, 예술의 사치를 다하여 아방궁을 지으며, 매일
신하 몇 천 명과 잔치로써 즐기며, 이리하여 여기 한 유토피아를 세우려

던 시황은 몇 만의 역사가가 어떻다고 욕을 하든, 그는 참말로 인생의 향락자이며 역사 이후의 제일 큰 위인이라고 할 수가 있다. 그만한 순전한 용기 있는 사람이 있고야 우리 인류의 역사는 끝이 날지라도 하나의 '사람'을 가졌었다고 할 수 있다.

'큰 사람이었었다.'

하면서 나는 머리를 흔들었다.

이때다, 기자묘 근처에서 무슨 슬픈 음률이 봄 공기를 진동시키며 날아오는 것이 들렸다. 나는 무심코 귀를 기울였다.

'영유 배따라기'다. 그것도 웬만한 광대나 기생은 발꿈치에도 미치지 못하리만큼, 그만큼 그 배따라기의 주인은 잘 부르는 사람이었다.

비나이다 비나이다
산천후토 일월성신
하느님전 비나이다
실낱 같은 우리 목숨
살려 달라 비나이다
에——야, 어그여지야.

여기까지 이르렀을 때에 저편 아래 물에서 장고(長鼓) 소리와 함께 기생의 노래가 울리어 오며 배따라기는 그만 안 들리게 되었다.

나는 이년 전 한여름을 영유서 지내 본 일이 있다. 배따라기의 본고장인 영유를 몇 달 있어 본 사람은 그 배따라기에 대하여 언제든 한 속절없는 애처로움을 깨달을 것이다.

영유, 이름은 모르지만 ×산에 올라가서 내다보면 앞은 망망한 황해이니, 그곳 저녁때의 경치를 한번 본 사람은 영구히 잊을 수가 없으리라. 불덩이 같은 커다란 시뻘건 해가 남실남실 넘치는 바다에 도로 빠질 듯 도로 솟아오를 듯 춤을 추며, 거기서 때때로 보이지 않는 배에서 '배따라기'만 슬프게 날아오는 것을 들을 때엔 눈물 많은 나는 때때로 눈물을 흘렸다. 이로 보아서 어떤 원의 아내가 자기의 모든 영화를 낡은 신같이 내어던지고, 뱃사람과 정처 없는 물길을 떠났다 함도 믿지 못할 말이랄 수가 없다.

영유서 돌아온 뒤에도 그 '배따라기'는 내 마음에 깊이 새기어져 잊으려야 잊을 수가 없었고, 언제 한번 다시 영유를 가서 그 노래를 한번 더 들어보고 그 경치를 다시 한번 보고 싶은 생각이 늘 떠나지를 않았다.

장고 소리와 기생의 노래는 멎고, 배따라기만 구슬프게 날아온다. 결결이 부는 바람으로 말미암아 때때로는 들을 수가 없으되, 나의 기억과 곡조를 종합하여 들은 배따라기는 이 대목이다.

강변에 나왔다가
나를 보더니만
혼비백산하여
꿈인지 생시인지
와르륵 달려들어
섬섬옥수로 부여잡고
호천망극 하는 말이,

"하늘로서 떨어지며
땅으로서 솟아났나
바람결에 묻어 오고
구름길에 싸여 왔다."
이리 서로 붙들고 울음 울 제,
인리 제인이며
일가 친척이 모두 모여.

여기까지 들은 나는 마침내 참지 못하고 벌떡 일어서서 소나무 가지에 걸었던 모자를 내려 쓰고 그곳을 찾으러 모란봉 꼭대기에 올라섰다. 꼭대기는 좀더 노랫소리가 잘 들린다. 그는, 배따라기의 맨 마지막, 여기를 부른다.

밥을 빌어서
죽을 쑬지라도
제발 덕분에
뱃놈 노릇은 하지 마라
에——야 어그여지야.

그의 소리로써 방향을 찾으려던 나는 그만 그 자리에 섰다.
"어딘가? 기자묘, 혹은 을밀대(乙密臺)?"
그러나 나는 오래 서 있을 수가 없었다. 어떻든 찾아보자 하고, 현무문으로 가서 문 밖에 썩 나섰다.
기자묘의 깊은 솔밭은 눈앞에 쫙 퍼진다.

"어딘가?"

나는 또 물어 보았다.

이때에 그는 또다시 배따라기를 첫 번부터 부른다. 그 소리는 왼편에서 온다.

왼편이구나 하면서, 소리나는 곳을 더듬어서 소나무 틈으로 한참 돌다가 겨우 기자묘치고는 그중 하늘이 넓고 밝은 곳에 혼자서 뒹굴고 있는 그를 찾아내었다. 나의 생각한 바와 같은 얼굴이다. 얼굴, 코, 입, 눈, 몸집이 모두 네모나고 그의 이마의 굵은 주름살과 시커먼 눈썹은 고생 많이 함과 순진한 성격을 나타낸다.

그는 어떤 신사가 자기를 들여다보는 것을 보고, 노래를 그치고 일어나 앉는다.

"왜? 그냥 하지요."

하면서 나는 그의 곁에 가 앉았다.

"머……."

할 뿐 그는 눈을 들어서 터진 하늘을 쳐다본다.

좋은 눈이었다. 바다의 넓고 큼이 유감없이 그의 눈에 나타나 있다. 그는 뱃사람이라 나는 짐작하였다.

"고향이 영유요?"

"예, 머, 영유서 나기는 했디만 한 이십 년 영윤 가보디두 않아시요."

"왜, 이십 년씩 고향엘 안 가요?"

"사람의 일이라니 마음대로 됩데까?"

그는, 왜 그러는지, 한숨을 짓는다.

"거저 운명이 데일 힘셉디다."

운명의 힘이 제일 세다는 그의 소리는 삭이지 못할 원한과 뉘우침이 섞여있다.

"그래요?"

나는 다만 그를 건너다볼 뿐이다.

한참 잠잠하니 있다가 나는 다시 말하였다.

"자, 노형의 경험담이나 한번 들어봅시다. 감출 일이 아니면 한번 이야기해 보소……."

"머, 감출 일은……."

"그럼, 어디 한번 들어 봅시다그려."

그는 다시 하늘을 쳐다보았다. 그러나 좀 있다가,

"하디요."

하면서 내가 담배를 붙이는 것을 보고, 자기가 담배를 붙여 물고 이야기를 꺼낸다.

"닞히디두 않는 십구 년 전 팔월 열하룻날 일인데요……."

하면서 그가 이야기한 바는 대략 이와 같은 것이다.

♣

그가 살던 마을은 영유 고을서 한 이십 리 떠나 있는, 바다를 향한 조그만 어촌이다. 그의 살던 조그만 마을(서른 집쯤 되는)에서는 그는 꽤 유명한 사람이었다.

그의 부모는 모두 열댓 세 났을 때 돌아갔고, 남은 사람이라고는 곁집에 딴살림하는 그의 아우 부처와 자기 부처뿐이었다. 그들 형제가 그 마을에서 제일 부자이고, 또 제일 고기잡이를 잘 하였고, 그중 글이 있었고. 배따라기도 그 마을에서 빼나게 그 형제가 잘 불렀다. 말하자면 그 형제가 그 동네의 대표적 사람이었다.

팔월 보름은 추석 명절이다. 팔월 열하룻날 그는 명절에 쓸 장도 볼 겸, 그의 아내가 늘 부러워하는 거울도 하나 사올 겸, 장으로 향하였다.

"당손네 집에 있는 것보다 큰 것이요, 잊지 말구요."

그의 아내는 길까지 따라나오면서 잊지 않도록 부탁하였다.

"안 닛어."

하면서 그는 떠오르는 새빨간 햇빛을 앞으로 받으면서 자기 마을을 나섰다.

그는 아내를 (이렇게 말하기는 우습지만) 고와했다. 그의 아내는 촌에는 드물도록 연연하고도 예쁘게 생겼다. (그는 나에게 이렇게 말하였다.)

"성내(평양) 덴줏골(갈보촌)을 가두 그만한 거 쉽디 않가시요."

그러니까 촌에서는, 그리고 그 당시에는 남에게 우습게 보이도록 그 내외의 사이는 좋았다. 늙은이들은 계집에게 혹하지 말라고 흔히 그에게 권고하였다.

부처의 사이는 좋았지만——아니 오히려 좋으므로 그는 아내에게 시기(猜忌)를 많이 하였다. 그리고 그의 아내는 시기를 받을 일을 많이 하였다. 품행이 나쁘다는 것이 아니라, 그의 아내는 대단히 천진스럽고 쾌활한 성질로서 아무에게나 말 잘 하고 애교를 잘 부렸다.

그 동네에서는 무슨 명절이나 되면, 집이 그중 정결함을 핑계삼아, 젊은이들은 모두 그의 집에 모이고 하였다.

그 젊은이들은 모두 그의 아내에게 '아즈마니'라 부르고, 그의 아내는 '아즈바니, 아즈바니' 하며 그들과 지껄이고 즐기며, 그 웃기 잘 하는 입에는 늘 웃음을 흘리고 있었다. 그럴 때마다 그는 한편 구석에서 눈만 힐근거리며 있다가, 젊은이들이 돌아간 뒤에는 불문곡직하고 아내에게 덤벼들어 발길로 차고 때리며, 이전에 사다 주었던 것을 모두 걷어 울린다. 싸움을 할 때에는 언제든 곁집에 있는 아우 부처가 말리러 오며, 그렇게 되면 언제든 그는 아우 부처까지 때려 주었다.

그가 아우에게 그렇게 구는 데는 이유가 있었다.

그의 아우는 촌사람에게는 쉽지 않도록 늠름한 위엄이 있었고, 맨날 바닷바람을 쏘였지만 얼굴이 희었다. 이것뿐으로도 시기가 된다 하면 되지만, 특별히 아내가 그의 아우에게 친절히 하는 데는 그는 속이 끓어 못 견디었다.

그가 영유를 떠나기 반 년 전쯤——다시 말하자면 그가 거울을 사러 장에 갈 때부터 반 년 전쯤 그의 생일날이었다. 그의 집에서는 음식을 차려서 잘 먹었는데 그에게는 괴상한 버릇이 있었으니, 맛있는 음식은 남겨 두었다가 좀 있다 먹고 하는 것이 습관이었다. 그의 아내도 이 버릇은 잘 알 터인데 그의 아우가 점심때쯤 오니까, 아까 그가 아껴서 남겨 두었던 그 음식을 아우에게 주려 하였다. 그는 눈을 부릅뜨고 '못 주리라'고 암호하였지만, 아내는 그것을 보았는지 못 보았는지 그의 아우에게 주어 버렸다. 그는 마음속이 자못 편치 못하였다. 트집만 있으면 이년을——그는 마음먹었다. 그의 아내는 시아우에게 상을 준 뒤에 물러오다가 그만 그의 발을 조금 밟았다.

"이년!"

그는 힘껏 발을 들어서 아내를 냅다 찼다. 그의 아내는 상 위에 거꾸러졌다가 일어난다.

"이년, 사나이 발을 짓밟는 년이 어디 있어!"

"거 좀 밟아서 발이 부러뎃쉐까?"

아내는 낯이 새빨개져서 울음 섞인 소리로 고함친다.

"이년! 말대답이……."

그는 일어서서 아내의 머리채를 휘어잡았다.

"형님! 왜 이러십니까."

아우가 일어서면서 그를 붙잡았다.

"가만 있거라, 이놈의 자식!"

하며 그는 아우를 밀친 뒤에 아내를 되는 대로 내리찧었다.

"죽일 년, 이년! 나가거라!"

"죽에라, 죽에라! 난, 죽어도 이집에선 못 나가."

"못 나가?"

"못 나가디 않구, 뉘 집이게……."

이때다. 그의 마음에는 그 '못 나가겠다'는 아내의 말이 푹 들이 박혔다. 그 이상 때리기가 싫었다. 우두커니 눈만 흘기고 있다가 그는,

"망할 년, 그럼 내가 나갈라."

하고 그만 문 밖으로 뛰어나와서,

"형님, 어디 갑니까?"

하는 아우의 말에는 대답도 안 하고 곁동네 탁주집으로 뒤도 안 돌아보고 가서, 거기 있는 술 파는 계집과 술상 앞에 마주 앉았다.

그날 저녁 얼근히 취한 그는 아내를 위하여 떡을 한 돈 어치 사 가지고 집으로 돌아왔다.

이리하여 또 서너 달은 평화가 이르렀다. 그러나 이 평화가 언제까지든 계속될 수가 없었다. 그의 아우로 말미암아 또 평화는 쪼개져 나갔다.

오월 초승부터 영유 고을 출입이 잦던 그의 아우는 오월 그믐께부터는 고을서 며칠씩 묵어 오는 일이 많았다. 함께, 고을에 첩을 얻어 두었다는 소문이 퍼졌다. 이 소문이 있은 뒤는 아내는 아우가 고을 들어가는

것을 벌레보다도 더 싫어하고, 며칠 묵어나 오는 때면 곧 아우의 집으로 가서 그와 담판을 하며, 심지어 동서 되는 아우의 처에게까지 못 가게 하지 않는다고 싸우는 일이 있었다. 칠월 초승께, 그의 아우는 고을에 들어가서 열흘쯤 묵고 온 일이 있었다. 칠월 초승께, 그의 아우는 고을에 들어가서 열흘쯤 묵고 온 일이 있었다. 이때도 전과 같이 그의 아내는 그의 아우며 제수와 싸우다 못하여, 마침내 그에게까지 와서 아우가 그런 못된 데를 다니는 것을 그냥 둔다고, 해보자 한다. 그 꼴을 곱게 보지 않았던 그는 첫마디로 고함을 쳤다.

"네게 상관이 무에가? 듣기 싫다."

"못난둥이. 아우가 그런 델 댕기는 걸 말리디두 못하구!"

분김에 이렇게 그의 아내는 고함쳤다.

"이년, 무얼?"

그는 벌떡 일어섰다.

"못난둥이!"

그 말이 채 끝나기 전에 그의 아내는 악 소리와 함께 그 자리에 거꾸러졌다.

"이년! 사나이에게 그따웃 말버릇 어디서 배완!"

"에미네 때리는 건 어디서 배왔노! 못난둥이."

그의 아내는 울음 소리로 부르짖었다.

"샹년 그냥? 나갈! 우리집에 있디 말구 나갈!"

그는 내리찧으면서 부르짖었다. 그리고 아내를 문을 열고 밀쳤다.

"나가디 않으리!"

하고 그의 아내는 울면서 뛰어나갔다.

"망할년!"

토하는 듯이 중얼거리고 그는 그 자리에 주저앉았다.

그의 아내는 해가 져서 어두워져도 돌아오지 않았다. 일단 내어쫓기는 하였지만 그는 아내의 돌아옴을 기다리고 있었다. 어두워져서도 그는 불도 안 켜고 성이 나서 우들우들 떨면서 아내가 돌아오기를 기다렸다. 그러나 그의 아내의 참 기쁜 듯이 웃는 소리가 그의 아우의 집에서 밤새도록 울리었다. 그는 꿈쩍도 안 하고 그 자리에 앉아서 밤을 새운 뒤에, 새벽 동터 올 때 아내와 아우를 죽이려고 부엌에 들어가 식칼을 가지고 들어와서 문을 벌컥 열었다.

그의 아내로서 만약 근심스러운 얼굴을 하고 그 문 밖에 우두커니 서서 문을 들여다보고 있지 않았다면, 그는 아내와 아우를 죽이고야 말았으리라.

그는 아내를 보는 순간 마음에 가득 차는 사랑을 깨달으면서, 칼을 내던지고 뛰어나가서 아내의 머리채를 휘어잡고, 이년! 하면서 들어와서 뺨을 물어 뜯으면서 함께 이리저리 자빠져서 뒹굴었다……

그런 이야기를 다 하려면 끝이 없으되, 다만 '그' '그의 아내' '그의 아우' 세 사람의 삼각 관계는 대략 이와 같았다.

각설 ——

거울은 마침 장에 마음에 맞는 것이 있었다. 지금 것과 대보면 어떤 때는 코도 크게 보이고 입도 작게도 보이는 것이지만, 그 당시에는, 그리고 그런 촌에서는 둘도 없는 귀물이었다.

거울을 사가지고 장을 본 뒤에 그는 이 거울을 아내에게 주면 그 기뻐할 모양을 생각하면서 새빨간 저녁 햇빛을 받은, 넘치는 듯한 바다를 안고, 자기 집으로, 늘 들러 주던 탁주집에도 안 들러서 돌아왔다.

그러나 그가 그의 집 방 안에 들어설 때에는 뜻도 안 하였던 광경이 그의 눈앞에 벌어져 있었다.

　방 가운데는 떡상이 있고, 그의 아우는 수건이 벗어져서 목 뒤로 늘어지고, 저고리 고름이 모두 풀어져 가지고 한편 모퉁이에 서 있고, 아내도 머리채가 모두 뒤로 늘어지고 치마가 배꼽 아래 늘어지도록 되어 있으며, 그의 아내와 아우는 그를 보고 어찌할 줄을 모르는 듯이 움쩍도 안 하고 서 있었다.

　세 사람은 한참 동안 어이가 없어서 서 있었다. 그러나 좀 있다가 마침내 그의 아우가 겨우 말했다.

　"그놈의 쥐 어디 갔니?"

　"흥! 쥐? 훌륭한 쥐 잡댔구나!"

　그는 말을 끝내지도 않고 짐을 벗어던지고 뛰어가서 아우의 멱살을 그러잡았다.

　"형님 정말 쥐가……."

　"쥐? 이놈! 형수하고 그런 쥐 잡는 놈이 어디 있니?"

　그는 아우의 따귀를 몇 대 때린 뒤에 등을 밀어서 문 밖에 내어던졌다. 그런 뒤에 이제 자기에게 이를 매를 생각하고 우들우들 떨면서 아랫목에 서있는 아내에게 달려들었다.

　"이년! 시아우와 그런 쥐 잡는 년이 어디 있어?"

　그는 아내를 거꾸러뜨리고 함부로 내리찧었다.

　"정말 쥐가…… 아이 죽갔다."

　"이년! 너두 쥐? 죽어라!"

　그의 팔다리는 함부로 아내의 몸 위에 오르내렸다.

　"아이, 죽갔다. 정말 아까 적은이(시아우)가 왔기에 떡 먹으라고 내놓았더니……."

"듣기 싫다. 시아우 붙은 년이 무슨 잔소릴……."

"아이, 아이, 정말이야요. 쥐가 한 마리 나……."

"그냥 쥐?"

"쥐 잡을래다가……."

"상년! 죽어라! 물에래두 빠데 죽얼!"

그는 실컷 때린 뒤에, 아내도 아우처럼 등을 밀어 내어쫓았다. 그 뒤에 그의 등으로,

"고기 배때기에 장사해라!"

하고 토하였다.

분풀이는 실컷 하였지만, 그래도 마음 속이 자못 편치 못하였다. 그는 아랫목으로 가서 바람벽을 의지하고 실신한 사람같이 우두커니 서서 떡상만 들여다보고 있었다.

한시간…… 두시간…….

서편으로 바다를 향한 마을이라 다른 곳보다는 늦게 어둡지만, 그래도 술시쯤 되어서는 깜깜하니 어두웠다. 그는 불을 켜려고 바람벽에서 떠나서 성냥을 찾으러 돌아갔다.

성냥은 늘 있던 자리에 있지 않았다. 그래서 여기저기 뒤적이노라니까 어떤 낡은 옷뭉치를 들칠 때에 문득 쥐소리가 나면서 무엇이 후덕덕 뛰어나온다. 그리하여 저편으로 기어서 도망한다.

"역시 쥐댔구나."

그는 조그만 소리로 부르짖었다. 그리고 그만 자리에 맥없이 덜썩 주저앉았다.

아까 그가 보지 못한 때의 광경이 활동사진과 같이 그의 머리에 지나갔다.

아우가 집에를 온다. 아우에게 친절한 아내는 떡을 먹으라고 아우에게 떡상을 내놓는다. 그때에 어디선가 쥐가 한 마리 뛰어나온다. 둘(아우와 아내)이서는 쥐를 잡노라고 돌아간다. 한참 성화시키던 쥐는 어느 구석에 숨어버린다. 그들은 쥐를 찾느라고 뒤룩거린다. 그때에 그가 집에 들어선 것이다.

'샹년, 좀 있으믄 안 들어오리……'

그는 억지로 마음먹고 그 자리에 드러누웠다.

그러나 아내는 밤이 가고 날이 밝기는커녕 해가 중천에 올라도 돌아오지를 않았다. 그는 차차 걱정이 나서 찾아보러 나섰다.

아우의 집에도 없었다. 동네를 모두 찾아보아도 본 사람도 없다 한다.

그리하여 낮쯤, 한 삼사 리 내려가서 바닷가에서 겨우 아내를 찾기는 찾았지만, 그 아내는 이전 같은 생기로 찬 산 아내가 아니요, 몸은 물에 불어서 곱이나 크게 되고, 이전에 늘 웃음을 흘리던 예쁜 입에는 거품을 잔뜩 문, 죽은 아내였다.

그는 아내를 업고 집으로 돌아오기까지 정신이 없었다.

이튿날 간단하게 장사를 하였다. 뒤에 따라오는 아우의 얼굴에는,

'형님, 이게 웬일이오니까?'

하는 듯한 원망이 있었다.

장사를 지낸 이튿날부터 아우는 그 조그만 마을에서 없어졌다. 하루 이틀은 심상히 지냈지만 닷새 엿새가 지나도 아우는 돌아오지 않았다. 그래서 알아보니까, 꼭 그의 아우같이 생긴 사람이 오륙 일 전에 멧산자 보따리를 하여 진 뒤에 시뻘건 저녁해를 등으로 받고 더벅더벅 동쪽으로 가더라 한다. 그리하여 열흘이 지나고 스무 날이 지났지만 한번 떠난 그의 아우는 돌아올 길이 없고, 혼자 남은 아우의 아내는 매일 한숨으로

세월을 보내게 되었다.

그도 이것을 잠자코 보고 있을 수가 없었다. 그 불행의 모든 죄는 그에게 있었다.

그도 마침내 뱃사람이 되어, 적으나마 아내를 삼킨 바다와 늘 접근하며 가는 곳마다 아우의 소식을 알아보려고 어떤 배를 얻어 타고 물길을 나섰다.

그는 가는 곳마다 아우의 이름과 모습을 말하여 물었으나, 아우의 소식은 알 수가 없었다.

이리하여 꿈결같이 십 년을 지내서 구 년 전 가을, 탁탁히 낀 안개를 꿰며 연안(延安) 바다를 지나가던 그의 배는 몹시 부는 바람으로 말미암아 파선을 하여, 벗 몇 사람은 죽고, 그는 정신을 잃고 물 위에 떠돌고 있었다.

그가 겨우 정신을 차린 때는 밤이었다. 그리고 어느덧 그는 뭍 위에 올라와 있었고, 그를 말리느라고 새빨갛게 피워 놓은 불빛으로 자기를 간호하는 아우를 보았다.

그는 이상히도 놀라지도 않고 천연하게 물었다.

"너! 어딩게 여기 완?"

아우는 잠자코 한참 있다가 겨우 대답하였다.

"형님, 거저 다 운명이외다."

따뜻한 불기운에 깜빡 잠이 들려다가 그는 화다닥 깨면서 또 말했다.

"십 년 동안에 되게 파랬구나."

"형님, 나두 변했거니와, 형님두 몹시 늙으셨쉐다."

이 말을 꿈결같이 들으면서 그는 또 혼혼히 잠이 들었다. 그리하여 두어 시간, 꿀보다도 단잠을 잔 뒤에 깨어 보니, 아까같이 새빨간 불은 피어 있지만 아우는 어디로 갔는지 없어졌다. 곁엣사람에게 물어 보니까, 아우는 형의 얼굴을 물끄러미 한참 들여다보고 있다가 새빨간 불빛을 등으로 받으면서 터벅터벅 아무 말 없이 어둠 가운데로 스러졌다 한다.

이튿날 아무리 알아보아야 그의 아우는 종적이 없어지고 알 수 없으므로, 그는 하릴없이 다른 배를 얻어 타고 또 물길을 떠났다. 그리하여 그의 배가 해주에 이르렀을 때, 그는 해주 장에 들어가서 무엇을 사려다가, 저편 맞은편 가게에 걸핏 그의 아우 같은 사람이 있으므로 뛰어가서 보니 그는 벌써 없어졌다. 배가 해주에는 오래 머물지 않으므로, 그의 마음은 해주에 남겨 두고 또다시 바닷길을 떠났다.

그 뒤 삼 년을 이리저리 돌아다녔어도 아우는 다시 볼 수가 없었다.

그리하여 삼 년을 지나서 지금부터 육 년 전에, 그의 탄 배가 강화도를 지날 때에, 바다를 향한 가파로운 뫼켠에서 바다를 향하여 날아오는 '배따라기'를 들었다. 그것도 어떤 구절과 곡조는 그의 아우 특색으로 변경된, 그의 아우가 아니면 부를 사람이 없는, 그 '배따라기'였다.

배가 강화도에는 머무르지 않아서 그저 지나갔으나, 인천서 열흘쯤 머무르게 되었으므로 그는 곧 내려서 강화도로 건너가 보았다. 거기서 이리저리 찾아다니다가 어떤 조그만 객주집에서 물어 보니, 이름도 그의 아우요, 생긴 모습도 그의 아우인 사람이 묵어 있기는 하였으나, 사나흘 전에 도로 인천으로 갔다 한다. 그는 곧 돌아서서, 인천으로 건너와서 찾아 보았지만, 그 조그만 인천서도 그의 아우를 찾을 바가 없었다.

그 뒤에 눈 오고 비 오며 육 년이 지났지만, 그는 다시 아우를 만나 보지 못하고 아우의 생사까지도 알 수가 없다.

♣

말을 끝낸 그의 눈에는 저녁해에 반사하여 몇 방울의 눈물이 번뜩인다.

나는 한참 있다가 겨우 물었다.

"노형 계수는?"

"모르디요, 이십 년을 영유는 안 가봤으니깐요."

"노형은 이제 어디로 갈 테요?"

"것두 모르디요, 덩처가 있나요? 바람 부는 대루 몰려댕기디요."

그는 다시 한번 나를 위하여 배따라기를 불렀다.

아아, 그 속에 잠겨 있는 삭이지 못할 뉘우침, 바다에 대한 애처로운 그리움.

노래를 끝낸 다음에 그는 일어서서 시뻘건 저녁해를 잔뜩 등으로 받고 을밀대로 향하여 더벅더벅 걸어간다. 나는 그를 말릴 힘이 없어서 멀거니 그의 등만 바라보고 앉아 있었다.

그날 밤, 집에 돌아와서도 그 배따라기와 그의 숙명적 경험담이 귀에 쟁쟁히 울리어서 잠을 못 이루고, 이튿날 아침 깨어서 조반도 안 먹고 기자묘로 뛰어가서 또다시 그를 찾아보았다. 그가 어제 깔고 앉았던 풀은 모두 한편으로 누워서 그가 다녀감을 기념하되, 그는 그 근처에 보이지 않았다. 그러나——그러나 배따라기는 어디선가 쟁쟁히 울리어서 모든 소나무들을 떨리지 않고는 안 두겠다는 듯이 날아온다.

'모란봉(牧丹峰)이다. 모란봉에 있다!'

하고 나는 한숨에 모란봉으로 뛰어갔다. 모란봉에는 사람이 하나도 없다. 부벽루(浮璧樓)에도 없다.

'을밀대다.'

하고 나는 다시 을밀대로 갔다. 을밀대에서 부벽루로 연한, 지옥까지 연한 듯한 골짜기에 물 한방울도 안 새이리라고 빽빽이 난 소나무의 그 모든 잎은 떨리는 배따라기를 부르고 있지만, 그는 여기도 있지 않다. 기자묘의, 하늘을 향하여 퍼져 나간 그 모든 소나무의 천만의 잎잎도, 그 아래쪽의, 하늘을 향하여 퍼져 나간 그 모든 소나무의 천만의 잎잎도, 그 아래쪽 퍼진 천만의 풀들도, 모두 그 배따라기를 슬프게 부르고 있지만, 그는 이 조그만 모란봉 일대에서 찾을 수가 없었다.

강가에 나가서 알아보니, 그의 배는 오늘 새벽에 떠났다 한다.

그 뒤에 여름과 가을이 가고 일 년이 지나서 다시 봄이 이르렀으되, 잠깐 평양을 다녀간 그는 그 숙명적 경험담과 슬픈 배따라기를 남겨 두었을 뿐, 다시 조고만 모란봉에 나타나지 않는다.

모란봉과 기자묘에 다시 봄이 이르러서, 작년에 그가 깔고 앉아서 부러졌던 풀들도 다시 곱게 대가 나서 자줏빛 꽃이 피려 하지만, 끝없는 뉘우침을 다만 한낱 '배따라기'로 하소연하는 그는, 이 조그만 모란봉과 기자묘에서 다시 볼 수가 없었다. 다만 그가 남기고 간 '배따라기'만 추억하는 듯이, 기념하는 듯이, 모든 잎잎이 속삭이고 있을 따름이다.

작품의 이해와 감상

1. 이 작품에서 형과 아우의 성격을 분석하고 김동인의 작품 속에 등장하는 유사한 인물에 대하여 토론해보자

2. 이 작품의 서사적 결말을 통해 '배따라기'의 표제가 함축한 상징적
의미를 알아보자

- 감 자-

  싸움, 간통, 살인, 도적, 구걸, 징역, 이 세상의 모든 비극과 활극의
근원지인, 칠성문 밖 빈민굴로 오기 전까지는, 복녀의 부처는(사농공상의
제2위에 드는) 농민이었었다.

  복녀는 원래 가난은 하나마 정직한 농가에서 규칙 있게 자라난 처녀
였었다. 이전 선비의 엄한 규율은 농민으로 떨어지자부터 없어졌다 하
나, 그러나 어딘지는 모르지만 딴 농민보다는 좀 똑똑하고 엄한 가율이
그의 집에 그냥 남아 있었다. 그 가운데서 자라난 복녀는 물론 다른
집 처녀들과 같이 여름에는 벌거벗고 개울에서 멱 감고, 바짓바람으로
동리를 돌아다니는 것을 예사로 알기는 알았지만, 그러나 그의 마음속
에는 막연하나마 도덕이라는 것에 대한 기품을 가지고 있었다.

  그는 열다섯 살 나는 해에 동리 홀아비에게 팔십 원에 팔려서 시집이
라는 것을 갔다. 그의 새서방(영감이라는 편이 적당할까)이라는 사람은 그
보다 이십 년이나 위로서, 원래 아버지의 시대에는 상당한 농군으로서
밭도 몇 마지기가 있었으나, 그의 대로 내려오면서는 하나 둘 줄기 시작
하여서, 마지막에 복녀를 산 팔십 원이 그의 마지막 재산이었었다. 그는
극도로 게으른 사람이었었다. 동리 노인들의 주선으로 소작 밭깨나 얻
어 주면, 종자만 뿌려 둔 뒤에는 후치질도 안 하고 김도 안 매고 그냥

내버려두었다가는, 가을에 가서는 되는 대로 거두어서 ‘금년은 흉년입네’ 하고 전주 집에는 가져도 안 가고 자기 혼자 먹어 버리고 하였다. 그러니까 그는 한 밭을 이태를 연하여 부쳐 본 일이 없었다. 이리하여 몇 해를 지내는 동안 그는 그 동리에서는 밭을 못 얻으리만큼 인심을 잃고 말았다.

복녀가 시집을 간 뒤, 한 삼사 년은 장인의 덕택으로 이렁저렁 지나갔으나, 예전 선비의 꼬리인 장인은 차차 사위를 밉게 보기 시작하였다. 그들은 처가에까지 신용을 잃게 되었다.

그들 부처는 여러 가지로 의논하다가 하릴없이 평양성 안으로 막벌이로 들어왔다. 그러나 게으른 그에게는 막벌이나마 역시 되지 않았다. 하루 종일 지게를 지고 연광정에 가서 대동강만 내려다보고 있으니, 어찌 막벌이인들 될까. 한 서너 달 막벌이를 하다가, 그들은 요행 어떤 집 막간(행랑)살이로 들어가게 되었다.

그러나 그 집에서도 얼마 안하여 쫓겨나왔다. 복녀는 부지런히 주인 집 일을 보았지만, 남편의 게으름은 어찌할 수가 없었다. 매일 복녀는 눈에 칼을 세워 가지고 남편을 채근하였지만, 그의 게으른 버릇은 개를 줄 수는 없었다.

“뱃섬 좀 치워 달라우요.”

“남 졸음 오는데 님자 치우시관.”

“내가 치우나요?”

“이십 년이나 밥을 처먹고 그걸 못 치워.”

“에이구, 칵 둑구나 말디.”

“이년 뭘!”

이러한 싸움이 그치지 않다가, 마침내 그 집에서도 쫓겨나왔다.

이젠 어디로 가나? 그들은 하릴없이 칠성문 밖 빈민굴로 밀리어 나오게 되었다.

칠성문 밖을 한 부락으로 삼고 그곳에 모여 있는 사람들의 정업은 거라지요, 부업으로는 도둑질과(자기네끼리의) 매음, 그 밖에는 이 세상의 모든 무섭고 더러운 죄악이었었다. 복녀도 그 정업으로 나섰다.

♣

그러나 열아홉 살의 한창 좋은 나이의 여편네에게 누가 밥인들 잘 줄까.

"젊은 거이 거랑질은 왜?"

그런 소리를 들을 때마다 그는 여러 가지 말로, 남편이 병으로 죽어 가거니 어쩌거니 핑계는 대었지만, 그런 핑계에는 단련된 평양 시민의 동정은 역시 살 수가 없었다. 그들은 이 칠성문 밖에서도 가장 가난한 사람 가운데 드는 편이었다. 그 가운데서 잘 수입되는 사람은 하루에 오 리짜리 돈뿐으로 일 원 칠팔십 전의 현금을 쥐고 돌아오는 사람까지 있었다. 극단으로 나가서는 밤에 돈벌이 나갔던 사람은 그 날 밤 사백여 원을 벌어 가지고 와서 그 근처에서 담배 장사를 시작한 사람까지 있었다.

복녀는 열아홉 살이었다. 얼굴도 그만하면 빤빤하였다. 그 동리 여인들의 보통 하는 일을 본받아서 그도 돈벌이 좀 잘하는 사람의 집에라도 간간 찾아가면 매일 오륙십 전은 벌 수가 있었지만, 선비의 집 안에서 자라난 그는 그런 일을 할 수가 없었다.

그들 부처는 역시 가난하게 지냈다. 굶는 일도 흔히 있었다.

♣

　기자묘 솔밭에 송충이가 끓었다. 그때 평양 '부'에서는 그 송충이를 잡는 데 (은혜를 베푸는 뜻으로) 칠성문 밖 빈민굴의 여인들을 인부로 쓰게 되었다.

　빈민굴 여인들은 모두 다 지원을 하였다. 그러나 뽑힌 것은 겨우 오십 명 쯤이었었다. 복녀도 그 뽑힌 사람 가운데 한 사람이었었다.

　복녀는 열심히 송충이를 잡았다. 소나무에 사다리를 놓고 올라가서는, 송충이를 집게로 집어서 약물에 잡아넣고, 그의 통은 잠깐 사이에 차고 하였다. 하루에 삼십이 전씩의 공전이 그의 손에 들어왔다.

　그러나 대엿새 하는 동안에 그는 이상한 현상을 하나 발견하였다. 그것은 다른 것이 아니라, 젊은 여인부 한 여남은 사람은 언제나 송충이는 안 잡고, 아래서 지절거리며 웃고 날뛰기만 하고 있는 것이었다. 뿐만 아니라, 그 놀고 있는 인부의 공전은 일하는 사람의 공전보다 팔 전이나 더 많이 내어주는 것이다.

　감독은 한 사람뿐이지만 감독도 그들의 놀고 있는 것을 묵인할 뿐 아니라, 때때로는 자기까지 섞여서 놀고 있었다.

　어떤 날 송충이를 잡다가 점심때가 되어서, 나무에서 내려와서 점심을 먹고 다시 올라가려 할 때에 감독이 그를 찾았다———.

　"복네! 애, 복네!"

　"왜 그릅네까?"

　그는 약통과 집게를 놓은 뒤에 돌아섰다.

　"좀 오나라."

　그는 말없이 감독 앞에 갔다.

　"애, 너, 음…… 데 뒤 좀 가보디 않갔니?"

"뭘 하레요?"

"글쎄, 가야……."

"가디요, 형님."

그는 돌아서면서 인부들 모여 있는 데로 고함쳤다.

"형님두 갑세다가레."

"싫다 얘, 둘이서 재미나게 가는데, 내가 무슨 맛에 가갔니?"

복녀는 얼굴이 새빨갛게 되면서 감독에게로 돌아섰다.

"가보자."

감독은 저편으로 갔다. 복녀는 머리를 수그리고 따라갔다.

"복네 좋잤구나."

뒤에서 이러한 고함 소리가 들렸다. 복녀의 숙인 얼굴은 더욱 발갛게 되었다.

그 날부터 복녀도 '일 안 하고 공전 많이 받는 인부'의 한 사람으로 되었다.

복녀의 도덕관 내지 인생관은 그때부터 변하였다.

그는 아직껏 딴 사내와 관계를 한다는 것을 생각하여 본 일도 없었다. 그것은 사람의 일이 아니요, 짐승의 하는 짓쯤으로만 알고 있었다. 혹은 그런 일을 하면 탁 죽어지는지도 모를 일로 알았다.

그러나 이런 이상한 일이 어디 다시 있을까. 사람인 자기도 그런 일을 한 것을 보면, 그것은 결코 사람으로 못 할 일이 아니었다. 게다가 일 안 하고도 돈 더 받고, 긴장된 유쾌가 있고, 빌어먹는 것보다 점잖고…….

일본 말로 하자면, ‘삼박자(三拍子)’같은 좋은 일은 이것뿐이었었다. 이것이야말로 삶의 비결이 아닐까. 뿐만 아니라, 이 일이 있은 뒤부터, 그는 처음으로 한 개 사람이 된 것 같은 자신까지 얻었다.

그 뒤부터는, 그의 얼굴에는 조금씩 분도 바르게 되었다.

♣

일 년이 지났다.

그의 처세의 비결은 더욱더 순탄히 진척되었다. 그의 부처는 이제는 그리 궁하게 지내지는 않게 되었다.

그의 남편은 이것이 결국 좋은 일이라는 듯이 아랫목에 누워서 벌신벌신 웃고 있었다.

복녀의 얼굴은 더욱 이뻐졌다.

“여보, 아즈바니, 오늘은 얼마나 벌었소?”

복녀는 돈 좀 많이 번 듯한 거라지를 보면 이렇게 찾는다.

“오늘은 많이 못 벌었쉐다.”

“얼마?”

“도무지 열서너 냥.”

“많이 벌었쉐다가레, 한 댓 냥 꿰주소고래.”

“오늘은 내가…….”

어찌고 어찌고 하면, 복녀는 곧 뛰어가서 그의 팔에 늘어진다.

“나한테 들킨 댐에는 뀌구야 말아요.”

“난, 원, 이 아즈마니 만나문 야단이더라. 자 꿰주디. 그 대신 응? 알아 있디?”

"난 몰라요. 해해해해."

"모르문, 안 줄 테야."

"글쎄, 알았대두 그른다."

그의 성격은 이만큼까지 진보되었다.

가을이 되었다.

칠성문 밖 빈민굴의 여인들은 가을이 되면 칠성문 밖에 있는 중국인의 채마밭에 감자(고구마)며 배추를 도적질하러, 밤에 바구니를 가지고 간다. 복녀도 감자깨나 잘 도적질하여 왔다.

어떤 날 밤, 그는 고구마를 한 바구니 잘 도적질하여 가지고, 이젠 돌아오려고 일어설 때에, 그의 뒤에 시꺼먼 그림자가 서서 그를 꽉 붙들었다. 보니, 그것은 그 밭의 소작인인 중국인 왕 서방이었었다. 복녀는 말도 못 하고 멀진멀진 밭 아래만 내려다보고 있었다.

"우리집에 가."

왕 서방은 이렇게 말하였다.

"가재문 가디. 원, 것두 못 갈까."

복녀는 엉덩이를 한 번 휙 두른 뒤에 머리를 젖히고 바구니를 저으면서 왕 서방을 따라갔다.

한 시간쯤 뒤에 그는 왕 서방의 집에서 나왔다. 그가 밭고랑에서 길로 들어서려 할 때에, 문득 뒤에서 누가 그를 찾았다.

"복네 아니야?"

복녀는 휙 돌아서서 보았다. 거기는 자기 곁집 여편네가 바구니를 끼고 어두운 밭고랑을 더듬더듬 나오고 있었다.

"형님이댔쉐까? 형님두 들어갔댔쉐까?"

"님자두 들어갔댔나?"

"형님은 뉘 집에?"

"나? 눅(陸) 서방네 집에. 님자는?"

"난 왕 서방네…… 형님 얼마 받았소?"

"눅 서방네 그 깍쟁이 놈, 배추 세 페기……."

"난 삼 원 받았디."

복녀는 자랑스러운 듯이 대답하였다.

십 분쯤 뒤에 그는 자기 남편과, 그 앞에 돈 삼 원을 내어놓은 뒤에, 아까 그 왕 서방의 이야기를 하면서 웃고 있었다.

그 뒤부터 왕 서방은 무시로 복녀를 찾아왔다.

한참 왕 서방이 눈만 멀진멀진 앉아 있으면, 복녀의 남편은 눈치를 채고 밖으로 나간다. 왕 서방이 돌아간 뒤에는 그들 부처는, 일 원 혹은 이 원을 가운데 놓고 기뻐하고 하였다.

복녀는 차차 동리 거지들한테 애교를 파는 것을 중지하였다. 왕 서방이 분주하여 못 올 때가 있으면 스스로 왕 서방의 집까지 찾아갈 때도 있었다.

복녀의 부처는 이제 이 빈민굴의 한 부자였다.

그 겨울도 가고 봄이 이르렀다.

그 때 왕 서방은 돈 백 원으로 어떤 처녀를 하나 마누라로 사오게
되었다.

"흥!"

복녀는 다만 코웃음만 쳤다.

"복녀, 강짜 하갔구만."

동리 여편네들이 이런 말을 하면, 복녀는 흥 하고 코웃음을 웃고 하였
다.

내가 강짜를 해? 그는 늘 힘있게 부인하고 하였다. 그러나 그의 마음
에 생기는 검은 그림자는 어찌할 수가 없었다.

"이놈 왕 서방. 네 두고 보자."

왕 서방의 색시를 데려오는 날이 가까웠다. 왕 서방은 아직껏 자랑하
던 기다란 머리를 깎았다. 동시에 그것은 새색시의 의견이라는 소문이
쫙 퍼졌다.

"흥!"

복녀는 역시 코웃음만 쳤다.

마침내 색시가 오는 날이 이르렀다. 칠보 단장에 사인교를 탄 색시가
칠성문 밖 채마밭 가운데 있는 왕 서방의 집에 이르렀다.

밤이 깊도록, 왕 서방의 집에는 중국인들이 모여서 별난 악기를 뜯으
며 별난 곡조로 노래하며 야단하였다.

복녀는 집 모퉁이에 숨어 서서 눈에 살기를 띠고 방 안의 동정을
듣고 있었다.

다른 중국인들은 새벽 두시쯤 하여 돌아갔다. 그 돌아가는 것을 보면
서, 복녀는 왕 서방의 집 안에 들어갔다. 복녀의 얼굴에는 분이 하얗게
발리어 있었다.

신랑 신부는 놀라서 그를 쳐다보았다. 그것을 무서운 눈으로 흘겨보면서, 그는 왕 서방에게 가서 팔을 잡고 늘어졌다. 그의 입에서는 이상한 웃음이 흘렀다.

"자, 우리 집으로 가요."

왕 서방은 아무 말도 못 하였다. 눈만 정처 없이 두룩두룩하였다. 복녀는 다시 한 번 왕 서방을 흔들었다——.

"자, 어서."

"우리, 오늘 밤 일이 있어 못 가."

"일은 밤중에 무슨 일."

"그래두, 우리 일이……."

복녀의 입에 아직껏 떠돌던 이상한 웃음은 문득 없어졌다.

"이까짓 것."

그는 발을 들어서 치장한 신부의 머리를 찼다.

"자, 가자우. 가자우."

왕 서방은 와들와들 떨었다. 왕 서방은 복녀의 손을 뿌리쳤다. 복녀는 쓰러졌다. 그러나 곧 다시 일어섰다. 그가 다시 일어설 때는, 그의 손에는 얼른얼른하는 낫이 한 자루 들리어 있었다.

"이 되놈, 죽에라. 이놈, 다 때렸니! 이놈아, 아이구 사람 죽이누나."

그는, 목을 놓고 처울면서 낫을 휘둘렀다.

칠성문 밖 외딴 밭 가운데 홀로 서 있는 왕 서방의 집에서는 일장 활극이 일어났다. 그러나 그 활극도 곧 잠잠하게 되었다. 복녀의 손에 들리어 있던 낫은 어느덧 왕 서방의 손으로 넘어가고, 복녀는 목으로 피를 쏟으면서 그 자리에 고꾸라져 있었다.

♣

　복녀의 송장은 사흘이 지나도록 무덤으로 못 갔다. 왕 서방은 몇 번을 복녀의 남편을 찾아갔다. 복녀의 남편도 때때로 왕 서방을 찾아갔다. 둘 사이에는 무슨 교섭하는 일이 있었다.

　사흘이 지났다.

　밤중 복녀의 시체는 왕 서방의 집에서 남편의 집으로 옮겼다.

　그리고 시체에는 세 사람이 둘러앉았다. 한 사람은 복녀의 남편, 한 사람은 왕 서방, 또 한 사람은 어떤 한방 의사. 왕 서방은 말없이 돈주머니를 꺼내어 십 원짜리 지폐 석 장을 복녀의 남편에게 주었다. 한방의의 손에도 십 원짜리 두 장이 갔다.

　이튿날, 복녀는 뇌일혈로 죽었다는 한방의의 진단으로 공동 묘지로 가져갔다.

『조선문단(朝鮮文壇)』(1925)

작품의 이해와 감상

　1. 이 작품에서 정상적으로 성장한 복녀가 도덕적으로 타락하게 되는 원인이 무엇인지 말해보자.

2. 복녀, 복녀의 남편, 왕서방을 중심으로 김동인이 환경결정론에 의하여 인물을 창조하는 방식에 대하여 자연주의의 관점에서 토론해보자.

3. 현진건(憑虛 玄鎭健 : 1900 ~ 1943)

작가소개

① 1900년 : 경북 대구에서 현경운과 이정효의 4형제 중 막내로 태어났다.

② 1915년(16세) : 이순득과 결혼을 하여 상해로 갔다. 1916년 귀국하
여 큰형 홍건의 권유로 일본 동경에 가서 정칙예비학교
(정칙예비학교(正則豫備學校)에서 수학했다.

③ 1917년(18세) : 중학 졸업 후 귀국하여 대구에서 이상화, 이상백,
백기만 등과 동인지 거화(炬火)를 냈다.

④ 1920년(21세) : 단편『희생화』를 발표하고 조선일보에 입사하였다.
다음해 1월에 개벽에『빈처』를 ,11월에『술 권하는 사회』
를 발표했다.

⑤ 1922(23세) : 중편『타락자』를 개벽에 발표하였으며 백조 동인(박종
화, 나도향, 박영희)들과 교류하면서 문학적 세계를 넓혔
다.

⑥ 1923년(24세) : 개벽에『지새는 안개』를 연재하고『할머니의 죽음』

을 발표하였으며 시대 일보사에 입사하였다. 이듬해에
『운수좋은 날』을 발표하였다.

⑦ 1925년(26세) : 시대 일보의 사회 부장을 거쳐 동아일보사에 입사하
였다. 단편『불』, 『B사감과 러브레터』, 『새빨간 웃음』등
발표하였다. 이듬해에 단편『사립정신병원장』, 『고향』등
을 발표하였다.

⑧ 1931년(32세) : 『서투른 도적』, 『연애의 청산』등을 신동아에 발표
하고 잠시 작품 활동을 중단 하였다. 이듬해인 1933년(34
세)에 『적도』를 동아일보에 연재하였다.

⑨ 1936년(37세) : 8월 동아일보 사회부장 재직 시 손기정 베를린 올림
픽 일장기 말살사건으로 구속, 기소되어 징역 1년을 선고
받고 복역하였다.

⑩ 1938년(39세) : 7월 장편『무영탑』을 동아일보에 연재하고 1941년에
단행본으로 간행하였다. 1939년(40세)『흑치상지』를 동
아일보에 연재하였으나 중단되었다. 1941년(42세)『무영
탑』을 간행하였고『선화공주』를 연재하다 중단되었다.
1944년(44세) 3월 21일 장결핵으로 사망했다.

작품세계

『백조』의 동인인 현진건은『술 권하는 사회』, 『타락자』, 『빈처』에서
보여준 것처럼 초기에는 식민지의 피폐한 현실에서 이상을 펼칠 수

없는 젊은 지식인의 모습을 그리는 등 자신이 투사된 신변 소설류를 창작하였다. 이 같은 사소설적 경향을 벗어나기 시작한 것은 1923년 『지새는 안개』, 『할머니의 죽음』에서 부터이다.

이후 현진건은 현실을 사실적으로 반영하는 『운수 좋은 날』, 『불』 등을 발표했다. 『운수 좋은 날』의 반어적 수법은 김 첨지와 같은 하층인의 궁핍한 생활 현실을 단편 소설의 집중성을 탁월하게 형상화하였다. 김 첨지가 설렁탕을 사들고 집에 들어가 아내의 죽음을 확인하는 장면의 묘사는 현진건 소설의 문장미의 높은 수준을 보여주고 있다. 『불』은 시집살이와 남자의 성적 노예가 된 순이의 분노가 불을 지르는 행위로 표출되는 과정에서 여성의 왜곡된 삶을 객관적으로 묘사하려는 사실주의적 기법을 보여 준다. 현진건 소설의 특징은 대립적 병렬구조를 지니고 있는데 명/암, 행복/ 불행, 정신/ 물질, 빈/부의 차이를 대립적으로 설정하고 이러한 대립이 아이러니(반어)의 상황을 통해 삶의 한 국면을 투시하도록 비판적 사실주의의 높은 수준을 보여주었다.

-빈처 (貧妻) -

"그것이 어째 없을까?"
아내가 장문을 열고 무엇을 찾더니 입안말로 중얼거린다.
"무엇이 없어?"
나는 우두커니 책상머리에 앉아서 책장만 뒤적뒤적하다가 물어 보았다.

"모본단 저고리가 하나 남았는데."

"……."

나는 그만 묵묵하였다.

아내가 그것을 찾아 무엇을 하려는 것을 앎이라. 오늘 밤에 옆집 할멈을 시켜 잡히려 하는 것이다.

이 이 년 동안에 돈 한 푼 나는 데는 없고 그대로 주리면 시장할 줄 알아 기구(器具)와 의복을 전당국 창고(典當局 倉庫)에 들여 밀거나 고물상 한구석에 세워 두고 돈을 얻어 오는 수밖에 없었다.

지금 아내가 하나 남은 모본단 저고리를 찾는 것도 아침거리를 장만하려함이다. 나는 입맛을 쩍쩍 다시고 폈던 책을 덮으며 후 한숨을 내쉬었다.

봄은 벌써 반이나 지났건마는 이슬을 실은 듯한 밤기운이 방구석으로부터 슬금슬금 기어 나와 사람에게 안기고, 비가 오는 까닭인지 밤은 아직 깊지 않건만 인적조차 끊어지고 온 천지가 빈 듯이 고요한데, 투닥투닥 떨어지는 빗소리가 한없이 구슬픈 생각을 자아낸다.

"빌어먹을 것 되는 대로 되어라."

나는 점점 견딜 수 없이 두 손으로 흩어진 머리카락을 쓰다듬어 올리며 중얼거려 보았다.

이 말이 더욱 처량한 생각을 일으킨다. 나는 또 한번,

"후우."

한숨을 내쉬며 왼팔을 베고 책상에 쓰러지며 눈을 감았다.

이 순간에 오늘 지낸 일이 불현듯 생각이 난다.

늦게야 점심을 마치고 내가 막 궐련 한 개를 피워 물 적에 한성은행(漢城銀行) 다니는 T가 공일이라고 찾아왔다.

친척은 다 멀지 않게 살아도 가난한 꼴을 보이기 싫고 찾아갈 적마다 무엇을 꾸어 내라고 조르지도 아니하였건만, 행여나 무슨 구차한 소리를 할까 봐서 미리 방패막이를 하고 눈살을 찌푸리는 듯하여 나는 발을 끊고, 따라서 찾아오는 이도 없었다. 다만 이 T는 촌수가 가까운 까닭인지 자주 우리를 방문하였다.

그는 성실하고 공순하며 소소한 소사(小事)에 슬퍼하고 기뻐하는 인물이었다. 동년배인 우리 둘은 늘 친척간에 비교 거리가 되었었다. 그리고 나의 평판이 항상 좋지 못했다.

"T는 돈을 알고 위인이 진실해서 그 애는 돈푼이나 모을 것이야! 그러나 K(내 이름)는 아무짝에도 못 쓸 놈이야. 그 잘난 언문(諺文) 섞어서 무어라고 끄적거려 놓고 제 주제에 무슨 조선에 유명한 문학가가 된다니! 시러베아들 놈!"

이것이 그네들의 평판이었다. 내가 문학인지 무엇인지 하는 소리가 까닭 없이 그네들의 비위에 틀린 것이다. 더군다나 나는 그네들의 생일이나 혹은 대사(大事)때에 돈 한푼 이렇다는 일이 없고, T는 소위 착실히 돈벌이를 해가지고 국수 밥소라나 보조를 하는 까닭이다.

"얼마 아니 되어 T는 잘살 것이고 K는 거지가 될 것이니 두고 보아!"

오촌 당숙은 이런 말씀까지 하였다 한다.

입 밖에는 아니 내어도 친부모 친형제까지라도 심중(心中)으로는 다 이렇게 생각할 것이다.

그래도 부모는 달라서 화가 나시면,

"네가 그리하다가는 말경(末境)에 비렁뱅이가 되고 말 것이야."

라고 꾸중은 하셔도,

"사람이란 늦복 모르느니라."

"그런 사람은 또 그렇게 되느니라."

하시는 것이 스스로 위로하는 말씀이고, 또 며느리를 위로하는 말씀이었다.

그것을 보아도 하는 수 없는 놈이라고 단념을 하시면서 그래도 잘되기를 바라시고 축원하시는 것을 알겠더라.

하여간 이만하면 T의 사람됨을 가히 알 수가 있다. 그리고 그가 우리 집에 올 것 같으면 지어서 쾌활하게 웃으며 힘써 재미스러운 이야기를 하였다. 단둘이 고적하게 그날그날을 보내는 우리에게는 더할 수 없이 반가웠었다.

오늘도 그가 활발하게 집을 쑥 들어오더니 신문지에 싼 기름한 것을 '이것 봐라'하는 듯이 마루 위에 올려놓고 분주히 구두끈을 끄른다.

"이것이 무엇인가?"

나는 물어보았다.

"저어, 제 처의 양산이야요. 쓰던 것이 벌써 다 낡았고 또 살이 부러졌다나요."

그는 구두를 벗고 마루에 올라서며 나오는 웃음을 참지 못하여 벙글벙글 하면서 대답을 한다. 그는 나의 아내를 돌아보며 돌연히,

"아주머니 좀 구경하시렵니까?"

하더니 싼 종이와 집을 벗기고 양산을 펴 보인다. 흰 비단 바탕에 두어 가지 매화를 수놓은 양산이었다.

"검정이는 좋은 것이 많아도 너무 칙칙해 보이고…… 회색이나 누렁이는 하나도 그것이야 싶은 것이 없어서 이것을 산걸요."

그는 '이것보다도 더 좋은 것을 살 수가 있나.'하는 뜻을 보이려고 애를 쓰며 이런 발명까지 한다.

"이것도 퍽 좋은데요."

이런 칭찬을 하면서 양산을 펴 들고 이리저리 홀린 듯이 들여다보고 있는 아내의 눈에는,

'나도 이런 것을 하나 가졌으면……'

하는 생각이 역력히 보인다.

나는 갑자기 불쾌한 생각이 와락 일어나서 방으로 들어오며 아내가 양산 보는 양을 빙그레 웃고 바라보고 있는 T에게,

"여보게, 방에 들어오게 그려. 우리 이야기나 하세."

T는 따라 들어와 물가폭등에 대한 이야기며, 자기의 월급이 오른 이야기며, 주권을 몇 주 사두었더니 꽤 이익이 남았다든가, 이런 것 저런 것 한참 이야기하다가 돌아갔었다.

T를 보내고 책상을 향하여 짓던 소설의 결미(結尾)를 생각하고 있을 즈음에,

"여보!"

아내의 떠는 목소리가 바로 내 귀 곁에서 들린다.

핏기 없는 얼굴에 살짝 붉은빛이 돌며 어느 결에 내 곁에 바싹 다가앉 았더라.

"당신도 살 도리를 좀 하세요."

"……."

나는 '또 시작하는 구나' 하는 생각이 번개같이 머리에 번쩍이며 불쾌한 생각이 벌컥 일어난다. 그러나 무어라고 대답할 말이 없어 묵묵히 있었다.

"우리도 남과 같이 살아 보아야지요."

아내가 T의 양산에 단단히 자극을 받은 것이다. 예술가의 처 노릇을

하려는 독특한 결심이 있는 그는 좀처럼 이런 소리를 입 밖에 내지 아니하였다. 그러나 무엇에 상당한 자극만 받으면 참았던 이런 소리를 하게 되는 것이다.

나도 이런 소리를 들을 적마다 '그럴 만도 하다'는 동정심이 없지 아니하나 심사가 어쩐지 좋지 못하였다. 이번에도 '그럴 만도 하다'는 동정심이 없지 아니하되 또한 불쾌한 생각을 억제키 어려웠다.

잠깐 있다가 불쾌한 빛을 나타내며,

"급작스럽게 살 도리를 하라면 어찌할 수가 잇소. 차차 될 때가 있겠지!"

"아이구, 차차란 말씀 그만두구려, 어느 천 년에."

아내의 얼굴에 붉은 빛이 짙어지며 전에 없던 흥분한 어조로 이런 말까지 하였다. 자세히 보니 두 눈에 은은히 눈물이 괴었더라. 나는 잠시 멍멍하게 있었다. 성낸 불길을 치받쳐 올라온다. 나는 참을 수 없었다.

"막벌이꾼한테 시집을 갈 것이지, 누가 내게 시집을 오랬소! 저 따위가 예술가의 처가 다 뭐야!"

사나운 어조로 몰풍스럽게 소리를 꽥 질렀다.

"에그……."

살짝 얼굴빛이 변해지며 어이없이 나를 보더니 고개가 점점 수그러지며 한 방울 두 방울 방울방울 눈물이 장판 위에 떨어진다.

나는 이런 일을 가슴에 그리며, 그래도 내일 아침거리를 장만하려고 옷을 찾는 아내의 심중을 생각해 보니, 말할 수 없는 슬픈 생각이 가을 바람과 같이 설렁설렁 심골(心骨)을 문지르는 것 같다.

쓸쓸한 빗소리는 굵었다 가늘었다. 의연(依然)히 적적한 밤공기에 더

욱 처량히 들리고, 그을음 앉은 등피 속에서 비치는 불빛은 구름에 가린
달빛처럼 우는 듯 조는 듯 구차히 얻어 산 몇 권 양책(洋冊)의 표제
금자가 번쩍거린다.

　장 앞에 초연히 서 있던 아내가 무엇이 생각났는지 고개를 끄덕끄덕
하며 들릴 듯 말 듯 목 안의 소리로,
　"오호…… 옳지 참, 그날……."
　"찾았소?"
　"아니야요, 벌써…… 저 인천 사시는 형님이 오셨던 날……."
　"……."
　아내가 애써 찾던 그것도 벌써 전당포의 고운 먼지가 앉았구나! 종지
하나라도 차근차근 아랑곳하는 아내가 그것을 잡혔는지 안 잡혔는지
모르는 것을 보면, 빈곤(貧困)이 얼마나 그의 정신을 물어뜯었는지 가히
알겠다.
　"……."
　"……."
　한참 동안 서로 아무 말이 없었다.
　가슴이 어째 답답해지며 누구하고 싸움이나 좀 해보았으면, 소리껏
고함이나 질러 보았으면, 실컷 울어 보았으면 하는 일종 이상한 감정이
부글부글 피어오르며, 전신에 이가 스멀스멀 기어 다니는 듯 옷이 어째
몸에 끼여 견딜 수가 없다.
　나는 이런 감정을 노골적으로 드러내며,
　"점점 구차한 살림에 싫증이 나서 못 견디겠지?"
　아내는 무엇을 생각하는지 모르게 정신을 잃고 섰다가 그 게슴츠레

한 눈이 둥그래지며,

"네에? 어째서요?"

"무얼 그렇지."

"싫은 생각은 조금도 없어요."

이렇게 말이 오락가락함을 따라 나는 흥분의 도(度)가 점점 짙어간다.

그래서 아내가 떨리는 소리로,

"어째 그런 줄 아세요?"

하고 반문할 적에,

"나를 숙맥으로 알우?"

라고, 격렬하게 소리를 높였다.

아내는 살짝 분한 빛이 눈에 비치어 물끄러미 나를 들여다본다.

나는 쾌씸하다는 듯이 흘겨보며,

"그러면 그것 모를까! 오늘날까지 잘 차마 오더니 인제는 점점 기색
이 달라지는걸 뭐! 물론 그럴 만도 하지마는!"

이런 말을 하는 내 가슴에는 지난 일이 활동사진 모양으로 얼른얼른
나타난다.

육 년 전에(그때 나는 십육 세이고 저는 십팔 세였다), 우리가 결혼한
지 얼마 아니 되어 지식에 목마른 나는 지식의 바닷물을 얻어 마시려고
표연히 집을 떠났었다.

광풍에 나부끼는 버들잎 모양으로 오늘은 지나, 내일은 일본으로 굴
러다니다가, 금전의 탓으로 지식의 바닷물도 흠씬 마셔 보지도 못하고
반거들충이가 되어 집에 돌아오고 말았다.

내게 시집 올 때에는 방글방글 피려는 꽃봉오리 같던 아내가 어느
결에 기울어 가는 꽃처럼 두 뺨에 선연한 빛이 스러지고 이마에는 벌써

두어금 가는 줄이 그리어졌다.

처가 덕으로 집간도 장만하고 세간도 얻어 우리는 소위 살림을 하게 되었다. 처음에는 그럭저럭 지내었지마는 한 푼 나는 데 없는 살림이라 한 달 가고 두 달 갈수록 점점 곤란해질 따름이었다.

나는 보수 없는 독서와 가치 없는 창작으로 해가 지고 날이 새며 쌀이 있는지 나무가 있는지 망연케 몰랐다. 그래도 때때로 맛있는 반찬이 상에 오르고 입은 옷이 과히 추하지 아니함은 전혀 아내의 힘이었다. 전들 무슨 벌이가 있으리오. 부끄럼을 무릅쓰고 친가에 가서 눈치를 보아 가며, 구차한 소리를 하여 가지고 얻어 온 것이었다. 그것도 한두 번 말이지 장구한 세월에 어찌 늘 그럴 수가 있으랴! 말경에는 아내가 가져온 세간과 의복에 손을 대는 수밖에 없었다. 잡히고 파는 것도 나는 알은체도 아니 하였다.

그가 애를 쓰며 퉁명스러운 옆집 할멈에게 돈푼을 주고 시켰었다. 이런 고생을 하면서도 그는 나의 성공만 마음속으로 깊이깊이 믿고 빌었었다. 어느 때에는 내가 무엇을 짓다가 마음에 맞지 아니하여 쓰던 것을 집어 던지고 화를 낼 적에,

"왜 마음을 조급하게 잡수세요! 저는 꼭 당신의 이름이 세상에 빛날 날이 있을 줄 믿어요. 우리가 이렇게 고생을 하는 것이 장차 잘될 근본이야요."

하고, 그는 스스로 흥분되어 눈물을 흘리며 나를 위로하는 적도 있었다.

내가 외국으로 돌아다닐 때에 소위 신풍조(新風潮)에 띄어 까닭 없이 구식 여자가 싫어졌다.

그래서 나의 일찍이 장가든 것을 후회하였다. 어떤 남학생과 어떤

여학생이 서로 연애를 주고받고 한다는 이야기를 들을 적마다 공연히 가슴이 뛰놀며 부럽기도 하고 비감스럽기도 하였었다.

그러나 낫살이 들어갈수록 그런 생각도 없어지고 집에 돌아와 아내를 겪어 보니 의외에 그에게 따뜻한 맛과 순결한 맛을 발견하였다. 그의 사랑이야말로 이기적 사랑이 아니고 헌신적 사랑이었다.

이런 줄을 점점 깨닫게 될 때에 내 마음이 얼마나 행복스러웠으랴! 밤이 깊도록 다듬이를 하다가 그만 옷입은 채로 쓰러져 곤하게 자는 그의 파리한 얼굴을 들여다보며,

'아아, 나에게 위안을 주고 원조를 주는 천사여!'

하고, 감격이 극하여 눈물을 흘린 일도 있었다.

내가 알다시피 내가 별로 천품은 없으나 어쨌든 무슨 저작가(著作家)로 몸을 세워 보았으면 하여 나날이 창작과 독서에 전심력을 바쳤다. 물론 아직 남에게 인정될 가치는 없는 것이다. 그 영향으로 자연 일상생활이 말유하게 되었다.

이런 곤란에 그는 근 이 년 견디어 왔건만 나의 하는 일은 오히려 아무 보람이 없고, 방안에 놓였던 세간이 줄어지고 장롱에 찼던 옷이 거의 다 없어졌을 뿐이다.

그 결과 그다지 견딜성 있는 그도 요사이 와서는 때때로 쓸데없는 탄식을 하게 되었다. 손잡이를 잡고 마루 끝에 우두커니 서서 하염없이 먼 산만 바라보기도 하며, 바느질을 하다 말고 실심(失心)한 사람 모양으로 멍멍히 앉았기도 하였다.

창경1)으로 비치는 어스름한 햇빛에 나는 흔히 그의 눈물 머금은 근심 있는 눈을 발견하였다. 이럴 때에는 말할 수 없는 쓸쓸한 생각이

---

1) 창경(窓鏡) - 창 유리.

들며 일없이,

"마누라!"

하고 부르면, 그는 몸을 흠칫 하고 고개를 저리로 돌리어 치맛자락으로 눈물을 씻으며,

"네에?"

하고 울음에 떨리는 가는 대답을 한다. 나는 등에 찬물을 끼얹는 듯 몸이 으쓱해지며 차량한 생각이 싸늘하게 가슴에 흘렀었다.

그렇지 않아도 자비(自卑)하기 쉬운 마음이 더욱 심해지며,

"내가 무자격한 탓이다."

하고 스스로 멸시를 하고 나니 더욱 견딜 수 없다.

'그럴 만도 하다.'

는 동정심이 없지 아니하되 그래도 그만 불쾌한 생각이 일어나며,

"계집이란 할 수 없어."

혼자 이런 불평을 중얼거리었다.

환등(幻燈) 모양으로 하나씩 둘씩 이런 일이 가슴에 나타나니 무어라고 말할 용기조차 없어졌다.

나의 유일의 신앙자(信仰者)이고 위로자이던 처까지 언제는 나를 아니 믿게 되고 말았다.

그는 마음속으로,

'네가 육 년 동안 내 살을 깎고 저미었구나! 이 원수야.'

할 것이다.

이렇게 생각하매 그의 불같던 사랑까지 엷어져 가는 것 같았다. 아니 흔적도 없이 사라지고 만 것 같다.

나는 감상적으로 허둥허둥하며,

3. 현진건(憑虛 玄鎭健 : 1900~1943) 59

"낸들 마누라를 고생시키고 싶어 시켰겠소! 비단옷도 해주고 싶고 좋은 양산도 사주고 싶어요! 그러기에 왼종일 쉬지 않고 공부를 아니하우. 남 보기에는 편편이 노는 것 같아도 실상은 그렇지 안해! 본들 모른단 말이오."

나는 점점 강한 가면을 벗고 약한 진상을 드러내며 이와 같은 가소로운 변명까지 하였다.

"왼 세상 사람이 다 나를 비소하고 모욕하여도 상관이 없지만 마누라까지 나를 아니 믿어 주면 어찌한단 말이오."

내 말에 스스로 자극이 되어 마침내,

"아아!"

길이 탄식을 하고 그만 쓰러졌다.

이 순간에 고개를 숙이고 아마 하염없이 입술만 물어뜯고 있던 아내가 홀연,

"여보!"

울음소리를 떨면서 무너지는 듯이 내 얼굴에 쓰러진다.

"용서……."

하고는 북받쳐 나오는 울음에 말이 막히고 불덩이 같은 두 뺨이 내 얼굴을 누르며 흑흑 느끼어 운다. 그의 두 눈으로부터 샘솟듯 하는 눈물이 제 뺨과 내 뺨 사이를 따뜻하게 젖어 퍼진다. 내 눈에서도 눈물이 흘러내린다. 뒤숭숭하던 생각이 다 이 뜨거운 눈물에 봄눈 슬 듯 스러지고 말았다.

한참 있다가 우리는 눈물을 씻었다. 내 속이 얼마큼 시원한 듯하였다.

"용서하여 주세요! 그렇게 생각하실 줄은 참 몰랐어요."

이런 말을 하는 아내는 눈물에 부어 오른 눈꺼풀을 아픈 듯이 꿈적거

린다.

"암만 구차하기로니 싫증이야 날까요! 나는 한번 맘이 있는데."

가만가만히 변명을 하는 아내의 눈물 흔적이 어룽어룽한 얼굴을 물끄러미 바라보며 거우 심신이 가뜬하였다.

어제 일로 심신이 피곤하였던지 그 이튿날 늦게야 잠을 깨니 간밤에 오던 비는 어느 결에 그치었고 명랑한 햇발이 미닫이에 높았더라.

아내가 다시금 장문을 열고 잡힐 것을 찾을 즈음에 누가 중문을 열고 들어온다.

우리는 누군가 하고 귀를 기울일 적에 밖에서,

"아씨!"

하는 소리가 들렸다.

아내는 급히 방문을 열고 나갔다. 그는 처가에서 부리는 할멈이었다. 오늘이 장인 생신이라고 어서 오라는 말을 전한다.

"오늘이야? 참 옳지, 오늘이 이월 열엿샛날이지, 나는 깜빡 잊었어!"

"원 아씨는 딱도 하십니다. 어쩌면 아버님 생신을 잊으신단 말씀이야요. 아무리 살림이 재미가 나시더래도……."

시큰둥한 할멈은 선웃음을 쳐가며 이런 소리를 한다.

가난한 살림에 골몰하느라고 자기 친부의 생신까지 잊었는가 하매 아내의 정지가 더욱 측은하였다.

"오늘이 본가 아버님 생신이래요. 어서 오시라는데……."

"어서 가구려……."

"당신도 가셔야지요. 우리 같이 가세요."

하고 아내는 하염없이 얼굴을 붉힌다.

나는 처가에 가기가 매우 싫었었다. 그러나 아니 가는 것도 내 도리가 아닐 듯하여 하는 수 없이 두루마기를 입었다. 아내는 머뭇머뭇하며 양미간을 보일 듯 말 듯 찡그리며 곁눈으로 살짝 나를 엿보더니 돌아서서 급히 장문을 연다.

'훙, 입을 옷이 없어서 망설거리는구나.'

나도 슬쩍 돌아서며 생각하였다.

우리는 서로 등지고 섰건만 그래도 아내가 거의 다 빈 장 안을 들여다보며 입을 만한 옷이 없어서 눈살을 찌푸린 양이 눈앞에 선연함을 어찌할 수가 없었다.

"자아, 가세요."

무엇을 생각하는지 모르게 정신을 잃고 섰다가 아내의 부르는 소리를 듣고 나는 기계적으로 고개를 돌리었다. 아내는 당목옷으로 갈아입고 내 마음을 알았던지 나를 위로하는 듯이 방그레 웃는다.

나는 더욱 쓸쓸하였다.

우리집은 천변 배다리 곁에 있고 처가는 안국동에 있어 그 거리가 꽤 멀었다. 나는 천천히 가느라고 가고 아내는 속히 오느라고 오건마는 그는 늘 뒤떨어졌었다. 내가 한참 가다가 뒤를 돌아다보면 그는 늘 멀리 떨어져 나를 따라오려고 애를 쓰며 주춤주춤 걸어온다.

길가에 다니는 어느 여자를 보아도 거의 다 비단옷을 입고 고운 신을 신었는데 아내만 당목옷을 허술하게 차리고 청목당혜로 타박타박 걸어오는 양이 나에게 얼마나 애연(哀然)한 생각을 일으켰는지! 한참만에 나는 넓고 높은 처갓집 대문에 다다랐다.

내가 안으로 들어갈 적에 낯선 사람들이 나를 흘끔흘끔 본다. 그들의 눈에,

'이 사람이 누구인가, 아마 이 집 하인인가 보다.'

하는 경멸히 여기는 빛이 있는 것 같았다.

안 대청 가까이 들어오니 모두 내게 분분히 인사를 한다. 그 인사하는 소리가 내 귀에는 어째 비소하는 것 같기도 하고 모욕하는 것 같기도 하여 공연히 가슴이 두근거리고 얼굴이 후끈거리었다. 그 중에 제일 내게 친숙하게 인사하는 사람이 있다. 그는 아내보다 삼 년 맏인 처형이었다.

내가 어려서 장가를 들었으므로 그때 나는 그에게 못 견디게 시달렸다. 그때는 그가 싫기도 하고 밉기도 하더니 지금 와서는 그때 그러한 것이 도리어 우리를 무관하고 정답게 만들었다.

그는 인천 사는데 자기 남편이 기미를 하여 가지고 이번에 돈 십만 원이나 착실히 땄다 한다. 그는 자기의 잘사는 것을 자랑하고자 함인지 비단을 내리감고 치감고 얼굴에 부유한 태(態)가 질질 흐른다. 그러나 분(粉)으로 숨기려고 애쓴 보람도 없이 눈 위에 퍼렇게 멍든 것이 내 눈에 띄었다.

"왜 마누라는 어쩌고 혼자 오세요?"

그는 웃으며 이런 말을 하다가 중문편을 바라보더니,

"그러면 그렇지! 동부인 아니하고 오실라구."

혼자 주고받고 한다.

나도 이 말을 듣고 슬쩍 돌아다보니 아내가 벌써 중문 앞에 들어섰다. 그 수척한 얼굴이 더욱 수척해 보이며 눈물 괸 듯한 눈이 하염없이 웃는다. 나는 유심히 그와 아내를 번갈아 보았다. 처음 보는 사람은 분간을 못 하리만큼 그들의 얼굴은 혹사하다. 그런데 얼굴빛은 어쩌면 저렇게 틀리는지! 하나는 이글이글 만발한 꽃 같고 하나는 시들시들 마른 낙엽 같다. 아내를 형이라 하고, 처형을 아우라 하였으면 아무라도 속을 것이다. 또 한번 아내를 보며 말할 수 없는 쓸쓸한 생각이 다시금 가슴을 누른다.

딴 음식은 별로 먹지도 아니하고 못 먹는 술을 넉 잔이나 마시었다. 그래도 바늘방석에 앉은 것처럼 앉아 견딜 수가 없다.

집에 가려고 나는 몸을 일으켰다. 골치가 띵하며 내가 선 방바닥이 마치 폭풍에 도도하는 파도같이 높았다 낮았다 어질어질해서 곧 쓰러질 것 같다. 이 거동을 보고 장모가 황망히일어서며,

"술이 저렇게 취해 가지고 어데로 갈라구. 여기서 한잠 자고 가게."

나는 손을 내저으며,

"아니에요. 집에 가겠어요."

취한 소리로 중얼거리었다.

"저를 어쩌나!"

장모는 걱정을 하시더니,

"할멈, 어서 인력거 한 채 불러 오게."

한다.

취중에도 인력거를 태우지 말고 그 인력거 삯을 나를 주었으면 책 한 권을 사 보련만 하는 생각이 있었다.

인력거를 타고 얼마 아니 가서 그만 잠이 들고 말았다.

한참 자다가 잠을 깨어 보니 방안에 벌서 남폿불이 켜졌는데 아내는 어느 결에 왔는지 외로이 앉아 바느질을 하고, 화로에서는 무엇이 끓는 소리가 보글보글 하였다.

아내가 나의 잠 깬 것을 보더니 급히 화로에 얹은 것을 만져 보며,

"인제 그만 일어나 진지를 잡수세요."

하고, 부리나케 일어나 아랫목에 파묻어 둔 밥그릇을 꺼내어 미리

차려 둔 상에 얹어서 내 앞에 갖다 놓고, 일변 화로를 당기어 더운 반찬
을 집어 얹으며,

"자아, 어서 일어나세요."

한다.

나는 마지못하여 하는 듯이 부시시 일어났다. 머리가 오히려 아프며
목이 몹시 말라서 국과 물을 연해 들이켰다.

"물만 잡수셔서 어째요. 진지를 좀 잡수셔야지."

아내는 이런 근심을 하며 밥상머리에 앉아서 고기도 뜯어 주고 생선
뼈도 추려 주었다. 이것은 다 오늘 처가에서 가져온 것이다. 나는 맛나
게 밥 한 그릇을 다 먹었다.

내 밥상이 나매 아내가 밥을 먹기 시작한다. 그러면 지금껏 내 잠
깨기를 기다리고 밥을 먹지 아니하였구나 하고 오늘 처가에서 본 일을
생각하였다.

어제 일이 있은 후로 우리 사이에 무슨 벽이 생긴 듯하던 것이 그
벽이 점점 엷어져 가는 듯하며 가엾고 사랑스러운 생각이 일어났었다.

그래서 우리는 정답게 이런 이야기 저런 이야기를 하게 되었다. 우리
의 이야기는 오늘 장인 생신 잔치로부터 처형 눈 위에 멍든 것에 옮겨
갔다.

처형의 남편이 이번 그 돈을 딴 뒤로는 주야 요리점과 기생집에 돌아
다니더니 일전에 어떤 기생을 얻어 가지고 미쳐 날뛰며 집에만 들면
집안사람을 들볶고 걸핏하면 처형을 친다 한다. 이번에도 별로 대단치
않은 일에 처형에게 밥상으로 잽다 갈겨 바로 눈 위에 그렇게 멍이
들었다 한다.

"그것 보아, 돈푼이나 있으면 다 그런 것이야."

“정말 그래요. 없으면 없는 대로 살아도 의좋게 지내는 것이 행복이
야요.”

아내는 충심(衷心)으로 공명해 주었다.

이 말을 들으매 내 마음은 말할 수 없이 만족해지면서 무슨 승리자나
된 듯이 득의양양하였다. 그리고 마음속으로,

‘옳다, 그렇다. 이렇게 지내는 것이 행복이다.’

하였다.

이틀 뒤, 해 어스름에 처형은 우리집에 놀러 왔다. 마침 내가 정신없
이 무엇을 생각하고 있을 즈음에 쓸쓸하게 닫혀 있는 중문이 찌긋둥하
며 비단옷 소리가 사으락사으락 들리더니, 아랫목은 내게 빼앗기고 윗
목에서 바느질을 하고 있던 아내가 문을 열고 나간다.

“아이고, 형님 오셔요.”

아내의 인사하는 소리가 들리더니 처형이 계집 하인에게 무엇을 들
리고 들어온다. 나도 반갑게 인사를 하였다.

“그날 매우 욕을 보셨지요? 못 잡숫는 술을 무슨 짝에 그렇게 잡수세
요.”

그는 이런 인사를 하다가 급작스럽게 계집 하인이 든 것을 빼앗더니
그 속에서 신문지로 싼 것을 끄집어내어 아내를 주며,

“내 신 사는데 네 신도 한 켤레 샀다. 그날 청목당혜를…….”

말을 하려다가 나를 곁눈으로 흘끗 보고 그만 입을 닫친다.

“그것을 왜 또 사셨어요?”

해쓱한 얼굴에 꽃물을 들이며 아내가 치사하는 것도 들은 체 만 체하
고 처형은 또 이야기를 시작한다.

"올 적에 사랑방 양반을 졸라서 돈 백 원을 얻었겠지. 그래서 오늘 종로에 나와서 옷감도 바꾸고 신도 사고……."

그는 자랑과 기쁨의 빛이 얼굴에 퍼지며 싼 보를 끌러,

"이런 것이야!"

하고 우리 앞에 펼쳐 놓는다.

자세히는 모르나 여하간 값 많은 품 좋은 비단인 듯하다. 무늬 없는 것, 무늬 있는 것, 회색, 옥색, 초록색, 분홍색이 갖가지로 윤이 흐르며 색색이 빛이 나서 나는 한참 황홀하였다.

무슨 칭찬을 해야 되겠다 싶어서,

"참 좋은 것인데요."

이런 말을 하다가 나는 또 쓸쓸한 생각이 일어난다. 저것을 보는 아내의 심중이 어떠할까 하는 의문이 문득 일어남이라.

"모다 좋은 것만 골라 샀습니다그려."

아내는 인사를 차리느라고 이런 칭찬은 하나마 별로 부러워하는 기색이 없다. 나는 적이 의외의 감(感)이 있었다.

처형은 자기 남편의 흉을 보기 시작하였다. 그 밉살스럽다는 둥 그 추근추근하다는 둥 말끝마다 자기 남편의 불미한 점을 들다가 문득 이야기를 끊고 일어선다.

"왜 벌써 가시려고 하셔요. 모처럼 오셨다가 반찬은 없어도 저녁이나 잡수세요."

하고 아내가 만류를 하니,

"아니 곧 가야지. 오늘 저녁 차로 떠날 것이니까 가서 짐을 매어야지. 아직 차 시간이 멀었어? 아니 그래도 정거장에 일찍이 나가야지, 만일 기차를 놓치면 오죽 기다리실라구. 벌써 오늘 저녁 차로 간다고 편지까

지 했는데……."

재삼 만류함도 돌아보지 아니하고 그는 홀홀히 나간다.

우리는 그를 보내고 방에 들어왔다.

"그까짓 것이 기다리는데 그다지 급급히 갈 것이 무엇이야."

아내는 하염없이 웃을 뿐이었다.

"그래도 옷감 바꿀 돈을 주었으니 기다리는 것이 애처롭기는 하겠지."

밉살스러우니, 추근추근하니 하여도 물질의 만족만 얻으면 그것으로 기뻐하고 위로되는 그의 생활이 참 가련하다 하였다.

"참, 그런가 봐요."

아내도 웃으며 내 말을 받는다.

이때에 처형이 사준 신이 그의 눈에 띄었는지(혹은 나를 꺼려, 보고 싶은 것을 참았는지 모르나) 그것을 집어 들고 조심조심 펴보려다가 말고 머뭇머뭇한다. 그 속에 그를 해케 할 무슨 위험품이나 든 것 같이.

"어서 펴보구려."

아내는 이 말을 듣더니,

'작히 좋으랴'

하는 듯이 활발하게 싼 신문지를 헤친다.

"퍽 이쁜걸요."

그는 근일에 드문 기쁜 소리를 치며 방바닥 위에 사뿐 내려놓고 버선을 당기며 곱게 신어 본다.

"어쩌면 이렇게 맞아요!"

연해 연방 감탄사를 부르짖는 그의 얼굴에 흔연한 희색이 넘쳐흐른다.

"……."

묵묵히 아내의 기뻐하는 양을 보고 있는 나는 또 다시,

'여자란 할 수 없어.'

하는 생각이 들며,

'조심하였을 따름이다.'

하매 밤빛 같은 검은 그림자가 가슴을 어둡게 하였다. 그러면 아까 처형의 옷감을 볼 적에도 물론 마음속으로는 부러워하였을 것이다. 다만 표현에 드러내지 않았을 따름이다. 겨우,

"어서 펴보구려."

하는 한마디에 가슴에 숨겼던 생각을 속임 없이 나타내는구나 하였다.

내가 무엇을 생각하고 있는지 처는 모르고 새 신 신은 발을 조금 쳐들며,

"신 모양이 어때요?"

"매우 이뻐!"

겉으로는 좋은 듯이 대답을 하였으나 마음은 쓸쓸하였다.

내가 제게 신 한 켤레를 사주지 못하여 남에게 얻은 것으로 만족하고 기뻐하는 거다. 웬일인지 이번에는 그만 불쾌한 생각이 일어나지 아니하였다.

처형이 동서(同壻)를 밉다거니 무엇이니 하면서도 기차를 놓치면 남편이 기다릴까 염려하여 급히 가던 것이 생각난다. 그것을 미루어 아내의 심사도 알 수가 있다. 부득이한 경우라 하릴없이 정신적 행복에만 만족하려고 애를 쓰지마는 기실(其實) 부족한 것이다. 다만 참을 따름이다. 그것은 내가 생각해야 된다. 이런 생각을 하니 전날 아내에게 그런

말을 한 것이 후회가 난다.

'어느 때라도 제 은공을 갚아 줄 날이 있겠지!'

나는 마음을 좀 너그럽게 먹고 이런 생각을 하며 아내를 보았다.

"나도 어서 출세를 하여 비단신 한 켤레쯤은 사주게 되었으면 좋으련만……."

아내가 이런 말을 듣기는 참 처음이다.

"네에?"

아내가 제 귀를 못 미더워하는 듯이 의아한 눈으로 나를 보더니 얼굴에 살짝 열기가 오르며,

"얼마 안 되어 그렇게 될 것이야요!"

라고 힘있게 말하였다.

"정말 그럴 것 같소?"

나는 약간 흥분하여 반문하였다.

"그러믄요, 그렇고말고요."

아직 아무도 인정해 주지 않는 무명작가인 나를 다만 저 하나가 깊이 깊이 인정해 준다. 그러기에 그 강한 물질에 대한 본능적 욕구도 참아 가며 오늘날까지 몹시 눈살을 찌푸리지 아니하고 나를 도와 준 것이다.

'아아, 나에게 위안을 주고 원조를 주는 천사여!'

마음속으로 이렇게 부르짖으며 두 팔로 덥썩 아내의 허리를 잡아 내 가슴에 바싹 안았다.

그 다음 순간에는 뜨거운 두 입술이…….

그의 눈에도 나의 눈에도 그렁그렁한 눈물이 물끓듯 넘쳐흐른다.

『개벽(開闢)』(1921.1)

이해와 감상

1. 이 작품에서 화자인 '나'와 주인공인 빈처는 어떤 관계에서 작품의 줄거리를 전개하고 있는지 살펴보자. 1인칭 관찰자 시점은 『빈처』의 주제를 전달하는데 어떤 효과를 발휘하는지 생각해보자.

2. 이 작품에는 정신적 가치/물질적 가치가 대립하면서 인물들의 갈등을 유발하고 있다. 인물들의 성격을 중심으로 이 작품이 사회의 어떤 측면을 반영하고 있는지 토론해보자

-운수 좋은 날-

새침하게 흐린 품이 눈이 올 듯하더니, 눈은 아니 오고 얼다가 만 비가 추적추적 내리었다.

이날이야말로 동소문 안에서 인력거꾼 노릇을 하는 김첨지에게는 오래간만에 닥친 운수 좋은 날이었다. 문 안------거기도 문 밖은 아니지만----에 들어간답시는 앞집 마나님을 전찻길까지 모셔다 드린 것을 비롯하여, 행여나 손님이 있을까하고 정류장에서 어정어정하며, 내리는 사람 하나하나에게 거의 비는 듯한 눈길을 보내고 있다가, 마침내 교원인 듯한 양복장이를 동광학교(東光學校)까지 태워다주기로 되었다.

첫 번에 삼십 전, 둘째 번에 오십 전-----아침 댓바람에 그리 흉하지 않은 일이었다. 그야말로 재수가 옴 붙어서 근 열흘 동안 돈 구경도

못한 김첨지는 십 전짜리 백통화 서 푼, 또는 다섯 푼이 찰깍하고 손바닥에 떨어질제 거의 눈물을 흘릴만큼 기뻤었다. 더구나, 이날 이때에 이 팔십 전이라는 돈이 그에게 얼마나 유용한지 몰랐다. 컬컬한 목에 모주 한 잔도 적실 수 있거니와, 그보다도 앓는 아내에게 설렁탕 한 그릇도 사다줄 수 있음이다.

그의 아내가 기침으로 쿨룩거리는 벌써 달포가 넘었다. 조밥도 굶기를 먹다시피 하는 형편이니, 물론 약 한 첩 써본 일이 없다. 구태여 쓰려면 못쓸 바도 아니로되, 그는 병이란 놈에게 약을 주어 보내면, 재미를 붙여서 자꾸 온다는 자기의 신조(信條)에 어디까지 충실하였다. 따라서 의사에게 보인 적이 없으니 무슨 병인지는 알 수 없으나, 반듯이 누워가지고 일어나기는커녕 모로도 못 눕는 걸 보면 중증은 중증인 듯, 병이 이대도록 심해지기는 열흘 전에 조밥을 먹고 체한 때문이다. 그때도 김첨지가 오래간만에 돈을 얻어서 좁쌀 한 되와 십 전짜리 나무 한 단을 사다주었더니, 김첨지의 말에 의하면, 그 오라질년이 천방지축으로 냄비에 대고 끓였다. 마음은 급하고 불길은 닿지 않아 채 익지도 않은 것을, 그 오라질년이 숟가락은 그만두고 손으로 움켜서 두 뺨에 주먹덩이 같은 혹이 불거지도록 누가 빼앗을 듯이 처박질하더니만 그 날 저녁부터 가슴이 당긴다. 배가 쌩긴다 하고 눈을 홉뜨고 지랄을 하였다. 그때 김첨지는 열화와 같이 성을 내며,

"에이, 오라질년, 조랑 복은 할 수가 없어, 못 먹어 병, 먹어서 병, 어쩌란 말이야! 왜 눈을 바루 뜨지 못해!"

하고 앓는 이의 뺨을 한 번 후려갈겼다. 홉뜬 눈은 조금 바루어졌건만 이슬이 맺히었다. 김첨지의 눈시울도 뜨끈뜨끈하였다.

환자가 그러고도 먹는 데는 물리지 않았다. 사흘 전부터 설렁탕 국물

이 마시고 싶다고 남편을 졸랐다.

"이런 오라질년! 조밥도 못 먹는 년이 설렁탕은, 또 처먹고 지랄병을 하게."

라고 야단을 쳐보았건만, 못 사주는 마음이 시원하지는 않았다.

인제 설렁탕을 사줄 수도 있다. 앓는 어미 곁에서 배고파 보채는 개똥이(세 살 먹이)에게 죽을 사줄 수도 있다------팔십 전을 손에 쥔 김첨지의 마음은 푼푼하였다.

그러나, 그의 행운은 그걸로 그치지 않았다. 땀과 빗물이 섞여 흐르는 목덜미를, 기름 주머니가 다 된 왜목수건을 닦으며 그 학교 문을 돌아나올 때였다. 뒤에서 "인력거!"하고 부르는 소리가 났다. 자기를 불러 멈춘 사람이 그 학교 학생인 줄 김첨지는 한번 보고 짐작할 수 있었다. 그 학생은 다짜고짜로,

"남대문 정거장까지 얼마요?"

라고 물었다. 아마도 그 학교 기숙사에 있는 이로 동기 방학을 이용하여 귀향하려 함이리라. 오늘 가기로 작정은 하였건만, 비는 오고 짐은 있고 해서, 어찌할 줄 모르다가 마침 김첨지를 보고 뛰어나왔음이리라. 그렇지 않다면 왜 구두를 채신지 못해서 질질 끌고, 비록 '고꾸라' 양복일망정 노박이로 비를 맞으며 김첨지를 뒤쫓아나왔으랴.

"남대문 정거장까지 말씀입니까?"

하고, 김첨지는 잠깐 주저하였다. 그는 이 우중에 우장도 없이 그 먼 곳을 철벅거리고 가기가 싫었음일까? 처음 것, 둘째 것으로 고만 만족하였음일까? 아니다, 결코 아니다. 이상하게도 조리를 맞물고 덤비는 이 행운 앞에 조금 겁이 났음이다. 그러자, 집을 나올 제 아내의 부탁이 마음에 켕기었다. 앞집 마나님한테서 부르러 왔을 제, 병인은

그 뼈만 남은 얼굴에 유일의 생물 같은 유달리 크고 움푹한 눈에다 애걸하는 빛을 띠며,

"오늘은 나가지 말아요. 제발 덕분에 집에 붙어 있어요. 내가 이렇게 아픈데?"

하고, 모기 소리같이 중얼거리며 숨을 걸그렁걸그렁하였다. 그래도, 김첨지는 대수롭지 않은 듯이,

"아따 젠장 맞을 년, 별 빌어먹을 소리를 다 하네. 맞붙들고 앉았으면 누가 먹여 살릴 줄 알아?"

하고 훌쩍 뛰어나오려니까, 환자는 붙잡을 듯이 팔을 내저으며,

"나가지 말래도 그래, 그러면 일찍이 돌아와요."

하는 목멘 소리가 뒤를 따랐다.

정거장까지 가잔 말을 들은 순간에, 경련적으로 떠는 손, 유달리 큼직한 눈, 울 듯한 아내의 얼굴이 김첨지의 눈앞에 어른어른하였다.

"그래, 남대문 정거장까지 얼마란 말이오?"

하고, 학생은 초조한 듯이 인력거꾼의 얼굴을 바라보며 혼잣말같이,

"인천 차가 열한 점에 있고, 그 다음에는 새로 두 점이던가."

라고 중얼거린다.

"일 원 오십 전만 줍시요."

이 말이 저도 모를 사이에 불쑥 김첨지의 입에서 떨어졌다. 제 입으로 부르고도 스스로 그 엄청난 돈 액수에 놀래었다. 한꺼번에 이런 금액을 불러라도 본 지가 그 얼마만인가! 그러자, 그 돈 벌 용기가 병자에 대한 염려를 사르고 말았다.

설마 오늘 안으로 어떠랴 싶었다. 무슨 일이 있더라도 제일 제이의 행운을 곱친 것보다도 오히려 갑절이 많은 이 행운을 놓칠 수 없다 하였다.

“일 원 오십 전은 너무 과한데.”

이런 말을 하며 학생은 고개를 기웃하였다.

“아니올시다. 이수로 치면 여기서 저기가 시오 리가 넘는답니다. 또 이런 진날에 좀더 주셔야지요.”

하고, 빙글빙글 웃는 차부의 얼굴에는 숨길 수 없는 기쁨이 넘쳐흘렀다.

“그러면 달라는 대로 줄 터이니 빨리 가요.”

관대한 어린 손님은 그런 말을 남기고, 총총히 옷도 입고 짐도 챙기러 갈데로 갔다.

그 학생을 태우고 나선 김첨지의 다리는 이상하게 거뿐하였다. 달음질을 한다느니보다 거의 나는듯하였다. 바도 어떻게 속히 도는지 구른다느니보다 마치 얼음을 지쳐 나가는 스케이트 모양으로 미끄러져가는 듯하였다. 언땅에 비가 내려 미끄럽기도 하였다.

이윽고 끄는 이의 다리가 무거워졌다. 자기 집 가까이 다다른 까닭이다. 새삼스러운 염려가 그의 가슴을 눌렀다. “오늘은 나가지 말아요. 내가 이렇게 아픈데!” 이런 말이 잉잉 그의 귀에 울렸다. 그리고 병자의 움쑥 들어간 눈이 원망하는 듯이 자기를 노려보는 듯 하였다. 그러자, 엉엉하고 우는 개똥이의 곡성도 들은 듯싶다. 딸꾹딸꾹 하고 숨 모으는 소리도 나는 듯 싶다.

“왜 이러우? 기차 놓치겠구먼.”

하고, 탄 이의 초조한 부르짖음이 간신히 그의 귀에 들려왔다. 언뜻 깨달으니 김첨지는 인력거 채를 쥔 채 길 한복판에 엉거주춤 멈춰 있지 않은가?

“예, 예.”

하고, 김첨지는 또다시 달음질하였다. 집이 차차 멀어갈수록 김첨지의 걸음에는 다시금 신이 나기 시작하였다. 다리를 재게 놀려야만 쉴새 없이 자기의 머리에 떠오르는 모든 근심과 걱정을 잊을 듯이……

정거장까지 끌어다주고, 그 깜짝 놀랄 일 원 오십 전을 정말 제 손에 쥐매, 제말마따나 십 리나 되는 길을 비를 맞아가며 질펀거리고 온 생각은 아니하고, 거저나 얻은 듯이 고마웠다. 졸부나 된 듯이 기뻤다. 제자식뻘밖에 안 되는 어린 손님에게 몇번 허리를 굽히며,

"안녕히 다녀옵시요."

라고, 깔듯이 재우쳤다.

그러나, 빈 인력거를 털털거리며 이 우중에 돌아갈 일이 꿈 밖이었다. 노동으로 하여 흐른 땀이 식어지자 굶주린 창자에서 물 흐르는 옷에서, 어슬어슬한 기가 솟아나기 비롯하매, 일 원 오십 전이란 돈이 얼마나 괜찮고 괴로운 것인 줄 절절히 느끼었다. 정거장을 떠나는 그의 발길은 힘 하나 없었다. 온 몸이 옹송그려지며 당장 그 자리에 엎어져 못 일어날 것 같았다.

"젠장 맞을 것! 이 비리를 맞으며 빈 인력거를 털털거리고 돌아를 간담? 이런 빌어먹을, 제 할미를 붙을 비가 왜 남의 상판을 딱딱 때려!"

그는 몹시 횃증을 내며 누구에게 반항이나 하는 듯이 게걸거렸다. 그럴즈음에 그의 머리에 또 새로운 광명이 비쳤나니, 그것은 '이러구 갈 게 아니라, 이 근처를 빙빙 돌며 차 오기를 기다리면 또 손님을 태우게 될는지도 몰라'란 생각이었다. 오늘 운수가 괴상하게도 좋으니까 그런 요행이 또 한 번 없으리라고 누가 보증하랴. 꼬리를 굴리는 행운이 꼭 자기를 기다리고 있다고 내기를 해도 좋을 만한 믿음을 얻게 되었다. 그렇지만, 정거장 인력거꾼의 등살이 무서워 정거장 앞에는 섰을 수가

없었다. 그래, 그는 이전에도 여러 번 해본 일이라, 바로 정거장에서 조금 떨어져서 살마 다니는 길과 전찻길 틈에 인력거를 세워놓고, 자기는 근처를 빙빙 돌며 형세를 관망하기로 하였다. 얼마만에 기차가 왔고, 수십 명이나 되는 손이 정류장으로 쏟아져 나왔다. 그 중에서 손님을 물색하던 김첨지의 눈에 양머리에 뒤축 높은 구두를 신고 망또까지 두른 기생 퇴물인 듯, 난봉 여학생에 양머리에 뒤축 높은 구두를 신고 망또까지 두른 기생 퇴물인 듯, 난봉 여학생인 듯한 여편네의 모양이 띄었다. 그는 슬근슬근 그 여자의 곁으로 다가들었다.

"아씨, 인력거 아니 타시랍시오?"

그 여학생인지 뭔지가 한참은 매우 태깔을 빼며 입술을 꼭 다문 채 김첨지를 거들떠보지도 않았다. 김첨지는 구걸하는 거지나 무엇같이 연해 연방 그의 기색을 살피며,

"아씨, 정거장 애들보담 아주 싸게 모셔다드리겠습니다. 댁이 어디신 가요?"

하고, 추근추근하게도 그 여자의 들고 있는 일본식 버들고리짝에 제 손을 대었다.

"왜 이래? 남 귀찮게!"

소리를 벽력같이 지르고는 돌아선다. 김첨지는 어랍시요 하고 물러 섰다.

전차가 왔다. 김첨지는 원망스럽게 전차 타는 이를 노리고 있었다. 그러나, 그의 예감은 틀리지 않았다. 전차가 빡빡하게 사람을 싣고 움직이기 시작하였을제, 타고 남은 손 하나가 있었다. 굉장히 큰 가방을 들고 있는 걸 보면 아마 붐비는 차 안에 짐이 크다 하여 차장에게 밀려 내여온 눈치였다. 김첨지는 대어섰다.

"인력거를 타시랍시요."

한동안 값으로 실랑이를 하다가 육십 전에 인사동까지 태워다주기로 하였다. 인력거가 무거워지매 그의 몸은 이상하게도 가벼워졌고, 그리고 또 인력거가 가벼워져서 몸은 다시금 무거워졌는데, 이번에는 마음조차 초조해온다. 집의 고광경이 자꾸 눈앞에 어른거리어 인제 요행을 바랄 여유도 없었다. 나무 등걸이는 무엇만 같고 제 것 같지도 않은 다리를 연해 꾸짖으며 갈팡질팡 뛰는 수밖에 없었다. 저 놈의 인력거꾼이 저렇게 술이 취해가지고 이 진땅에 어찌 가노 하고, 길가는 사람이 걱정을 할이만큼 그의 걸음은 황급하였다. 흐리고 비 오는 하늘은 어둠침침한 게 벌써 황혼에 가까운 듯 하였다. 창경원 앞까지 다다라서야 그는 턱에 닿는 숨을 돌리고 걸음도 늦추 잡았다. 한 걸음, 두 걸음 집이 가까워올수록 그의 마음은 괴상하게 누그러졌다. 그런데, 이 누그러짐은 안심에서 오는 게 아니요, 자기를 덮친 무서운 불행이 박두한 것을 두려워하는 마음에서 오는 것이다.

그는 불행이 닥치기 전 시간을 얼마쯤이라도 늘이려고 버르적거렸다. 기적에 가까운 벌이를 하였다는 기쁨을, 할 수 있으면 오래 지니고 싶었다. 그는 두리번 두리번 사면을 살피었다. 그 모양은 마치 자기 집, 곧 불행을 향하여 달려가는 제 다리를 제 힘으로는 도저히 어찌할 수 없으니, 누구든지 나를 좀 잡아다고, 구해다고 하는 듯 하였다.

그럴 즈음에 마침 길가 선술집에서 친구 치삼이가 나온다. 그는 우글우글 살진 얼굴은 주홍이 오른 듯 온 턱과 뺨에 시커멓게 구레나룻이 덮이고, 노르탱탱한 얼굴이 바짝 말라서 여기저기 고랑이 파이고, 수염도 있대야 턱밑에만, 마치 솔잎 송이를 거꾸로 붙여놓은 듯한 김첨지의 풍채하고는 기이한 대상을 짓고 있었다.

"여보게 김첨지, 자네 문 안 들어갔다오는 모양일세 그려. 돈 많이 벌었을 테니 한 잔 빨리게."

뚱뚱보는 말라깽이를 보는 말맡에 부르짖었다. 그 목소리는 몸짓과 딴판으로 연하고 싹싹하였다. 김첨지는 이 친구를 만난 게 어떻게 반가운지 몰랐다. 자기를 살려준 은인이나 무엇같이 고맙기도 하였다.

"자네는 벌써 한 잔 한 모양일세 그려. 자네도 재미가 좋아 보이."

하고, 김첨지는 얼굴을 펴서 웃었다.

"아따, 재미 안 좋다고 술 먹을 낸가. 그런데 이보게, 자네 왼 몸이 어째 물독에 빠진 새앙쥐 같은가? 어서 이리 들어와 말리게."

선술집은 훈훈하고 뜨뜻하였다. 추어탕을 끓이는 솥뚜껑을 열 적마다 뭉게뭉게 떠오르는 흰 김, 석쇠에서 뻐지짓뻐지짓 구워지는 너비아니 구이며, 제육이며, 간이며, 콩팥이며, 북어며, 빈대떡…… 이 너저분하게 늘어놓은 안주 탁자에 김첨지는 갑자기 속이 쓰려서 견딜 수 없었다. 마음대로 할 양이면 거기 있는 모든 먹음먹이를 모조리 깡그리 집어 삼켜도 시원치 않았다. 하되, 배고픈 이는 우선 분량 많은 빈대떡 두 개를 쪼이기로 하고 추어탕을 한 그릇 청하였다. 주린 창자는 음식 맛을 보더니 더욱더 비어지며 자꾸자꾸 들이라들이라 하였다. 순식간에 두부와 미꾸리 든 국 한 그릇을 그냥 물같이 들이키고 말았다. 첫째 그릇을 받아들었을 제 데우던 막걸리 곱빼기 두 잔이 더 왔다. 치삼이와 같이 마시자 원원이 비었을 속이라, 찌르르 하고 창자에 퍼지며 얼굴이 화끈하였다. 눌러 곱빼기 한 잔을 또 마셨다. 김첨지의 눈은 벌써 개개 풀리기 시작하였다. 석쇠에 얹힌 떡 두개를 숭덩숭덩 썰어서 볼을 볼록거리며 또 곱빼기 두 잔을 부어라 하였다.

치삼은 의아한 듯이 김첨지를 보며, "여보게 또 붓다니, 벌써 우리가 넉 잔씩 먹었네. 돈이 사십 전일세.”

라고 주의시켰다.

“아따 이놈아, 사십 전이 그리 끔찍하냐? 오늘 내가 돈을 막 벌었어. 참 오늘 운수가 좋았느니.”

“그래 얼마를 벌었단 말인가?”

“삼십 원을 벌었어, 삼십 원을! 이런 젠장맞을, 술을 왜 안 부어웰, 괜찮다, 괜찮다. 막 먹어도 상관이 없어. 오늘 돈 산더미같이 벌었는데.”

“어, 이 사람 취했군, 그만두세.”

“이놈아, 이걸 먹고 취할 내냐? 어서 더 먹어.”

하고는 치삼의 귀를 잡아채며 취한 이는 부르짖었다. 그리고, 술을 붓는 열다섯살쯤 됨직한 중대가리에게로 달려들어,

“이놈, 오라질놈, 왜 술을 붓지 않아.”

라고 야단을 쳤다. 중대가리는 희희 웃고 치삼이를 보며 문의하는 듯이 눈짓을 하였다. 주정꾼이 이 눈치를 알아보고 화를 버럭내며,

“에미를 붙을 이 오라질놈들 같으니, 이놈 내가 돈이 없을 줄 알고?”

하자마자 허리춤을 홈척홈척 하더니 일 원짜리 한 장을 꺼내어 중대가리 앞에 펄쩍 집어던졌다. 그 사품에 몇 품 은전이 잘그랑하며 떨어진다.

“여보게 돈 떨어졌네, 왜 돈을 막 끼얹나.”

이런 말을 하며 일변 돈을 줍는다. 김첨지는 취한 중에도 돈의 거처를 살피는 듯이 눈을 크게 떠서 땅을 내려보다가 불시에 제 하는 짓이 너무 더럽다는 듯이 고개를 소스라치자 더욱 성을 내며,

“봐라 봐! 이 더러운 놈들아, 내가 돈이 없나, 다리 뼉다구를 꺾어놓을 놈들 같으니.”

하고, 치삼이 주워주는 돈을 받아,

"이 원수엣 돈! 이 육시를 할 돈!"

하면서 팔매질을 친다. 벽에 맞아 떨어진 돈은 다시 술 끓이는 양푼에 떨어지며 정당한 매를 맞는다는 듯이 쨍하고 울었다.

곱빼기 두 잔은 또 부어질 겨를도 없이 말려가고 말았다. 김첨지는 입술과 수염에 붙은 술을 빨아들이고 나서 매우 만족한 듯이 그 솔잎 송이 수염을 쓰다듬으며,

"또 부어, 또 부어."

라고 외쳤다.

또 한 잔 먹고 나서 김첨지는 치삼의 어깨를 치며 문득 껄걸 웃는다. 그 웃음소리가 어찌나 컸던지 술집에 있는 이의 눈이 모두 김첨지에게도 몰리었다. 웃는 이는 더욱 웃으며,

"여보게 치삼이, 내 우스운 이야기 하나 할까? 오늘 손을 태우고 정거장까지 가지 않았겠나."

"그래서?"

"갔다가 그저 오기가 안 됐네 그려. 그래 전차 정류장에서 어름어름하며 손님 하나를 태울 궁리를 하지 않았나. 거기 마침 마나님이신지 여학생님이신지, 요새야 어디 논다니와 아가씨를 구별할 수가 있던가. 망또를 두르시고 비를 맞고서 있겠지. 슬근슬근 가까이 가서 인력거 타시랍시요 하고, 손가방을 받으려니까 내손을 탁 뿌리치고 휙 돌아서더니만 '왜 남을 이렇게 귀찮게 굴어!' 그 소리야말로 꾀꼬리 소리지, 허허!"

김첨지는 교묘하게도 정말 꾀꼬리 같은 소리를 내었다. 모든 사람은 일시에 웃었다.

"빌어먹을 깍쟁이 같은 년, 누가 저를 어쩌나, '왜 남을 귀찮게 굴어!' 어이구 소리가 체신도 없지, 허허."

웃음소리들은 높아졌다. 그런, 그 웃음소리들이 사라지기 전에 김첨지는 훌쩍훌쩍 울기 시작하였다.

치삼은 어이없이 주정뱅이를 바라보며,

"금방 웃고 지랄을 하더니 우는 건 무슨 일인가?"

김첨지는 연해 코를 들여마시며,

"우리 마누라가 죽었다네."

"뭐, 마누라가 죽다니, 언제?"

"이놈아 언제는. 오늘이지."

"예끼 미친 놈, 거짓말 말아."

"거짓말은 왜, 참말로 죽었어…… 참말로 마누라 시체를 집에 뻐들쳐 놓고 나가 술을 먹다니, 내가 죽일 놈이야 죽일 놈이야."

하고 김첨지는 엉엉 소리를 내어 운다.

치삼은 흥이 조금 깨어지는 얼굴로,

"원, 이 사람아 참말로 하나, 거짓말로 하나, 그러면 집으로 가세, 가."

하고 우는 이의 팔을 잡아당기었다.

치삼의 끄는 손을 뿌리치더니 김첨지는 눈물을 글썽글썽한 눈으로 싱그레 웃는다.

"죽기는 누가 죽어."

하고 득의가 양양.

"죽기는 왜 죽어, 생때같이 살아만 있단다. 그 오라질년이 밥을 죽이지. 인제 나한테 속았다."

하고 어린애 모양으로 손뼉을 치며 웃는다.

"이 사람이 정말 미쳤단 말인가? 나도 아주먼네가 앓는단 말은 들었 었는데." 하고, 치삼이도 어떤 불안을 느끼는 듯이 김첨지에게 또 돌아 가라고 권하였다.

"안 죽었어, 안 죽었대도 그래."

김첨지는 홧증을 내며 확신있게 소리를 질렀으되, 그 소리엔 안 죽은 것을 믿으려고 애쓰는 가락이 있었다. 기어이 일 원어치를 채워서 곱빼 기를 한잔씩 더 먹고 나왔다. 궂은 비는 의연히 추적추적 내린다.

김첨지는 취중에도 설렁탕을 사가지고 집에 다다랐다. 집이라 해도 물론 셋집이요, 또 집 전체를 세든 게 아니라 안과 뚝 떨어진 행랑방 한 간을 빌어 든 것인데, 물을 길어대고 한 달에 일 원씩 내는 터이다. 만일 김첨지가 주기를 띠지 않았던들 한 발을 대문에 들여놓았을 제 그곳을 지배하는 무시무시한 정적(靜寂)-----폭풍우가 지나간 뒤의 바다 같은 정적에 다리가 떨렸으리라. 쿨룩거리는 기침소리도 들을 수 없다. 그르렁거리는 숨소리조차 들을 수 없다. 다만 이 무덤 같은, 침묵을 깨뜨리는, 깨뜨린다느니 보다 한층 더 침묵을 깊게 하고 불길하게 하는, 빡빡거리는 그윽한 소리, 어린애의 젖 빠는 소리가 날 뿐이다. 만일 청각이 예민한 이 같으면, 그 빡빡소리는 빨 따름이요, 꿀떡꿀떡하고 젖 넘어가는 소리가 없으니, 빈 젖을 빤다는 것도 짐작할는지 모르리라.

혹은 김첨지도 이 불길한 침묵을 짐작했는지도 모른다. 그렇지 않으 면 대문에 들어서자마자 전에 없이,

"이 난장맞을 년, 남편이 들어오는데 나와 보지도 않아, 이 오라질 년."

이라고 고함을 친 게 수상하다. 이 고함이야말로 제 몸을 엄습해오는

무시무시한증을 쫓아버리려는 허장성세(虛張聲勢)인 까닭이다.

하여간 김첨지는 방문을 왈칵 열었다. 구역질나게 하는 추기----떨어
진 삿자리 밑에서 나온 먼짓네, 빨지 않은 기저귀에서 나는 똥내와 오줌
내, 가지각색 때가 켜켜이 앉은 옷내, 병인의 땀 썩은 내가 섞인 추기가
무딘 김첨지의 코를 찔렀다.

방안에 들어서며 설렁탕을 한 구석에 놓을 사이도 없이 주정꾼은
목청을 있는대로 다 내어 호통을 쳤다.

"이런 오라질년, 주야장천(晝夜長川) 누워만 있으면 제일이야! 남편
이 와도 일어나지를 못해."

라는 소리와 함께 발길로 누운 이의 다리를 몹시 찼다. 그러나, 발길
에 채는 건 사람의 살이 아니고 나무 등걸과 같은 느낌이 들었다. 이때
에 빽빽 소리가 응아 소리로 변하였다. 개똥이가 물었던 것을 빼어놓고
운다. 운대도 온 얼굴을 찡그려 붙여서 운다는 표정을 할 뿐이다. 응아
소리도 입에서 나는 게 아니고, 마치 뱃속에서 나는 듯하였다. 울다가
울다가 목도 잠겼고, 또 울기운조차 시진(撕盡)한 것 같다.

발로 차도 그 보람이 없는 걸 보자 남편은 아내의 머리맡으로 달려들
어 그야말로 까치집 같은 환자의 머리를 꺼들어 흔들며,

"이년아, 말을 해, 말을! 입이 붙었어, 이 오라질 년!"

"……"

"으응, 또 대답이 없네, 정말 죽었나보이."

이러다가 누운 이의 흰 창이 검은 창을 덮은, 위로 치뜬 눈을 알아보
자마자, 하는 말끝엔 목이 메었다. 그러자, 산사람의 눈에서 떨어진 닭
똥 같은 눈물이 죽은 이의 뻣뻣한 얼굴을 어룽어룽 적시었다. 문득 김첨
지는 미친 듯이 제 얼굴을 죽인 이의 얼굴에 한데 비비대며 중얼거렸다.

“설렁탕을 사다놓았는데 왜 먹지를 못하니, 왜 먹지를 못하니……
괴상하게도 오늘은 운수가 좋더니만…….”

출전 <개벽> (1924)

작품의 이해와 감상

1. 『운수 좋은 날』의 언어적 아이러니의 효과에 대하여 생각해보자.

2. 이 작품에서 주인공인 김첨지의 불행은 당대의 사회 현실과 어떤 관련성이 있는지 탐구해보자

3. “봐라, 봐! 이 더러운 놈들아. 내가 돈이 없나, 다리 뼉다구를 꺾어 놓은 놈들 같으니”라며 김첨지가 돈을 집어던지는 상황에서 식민지 현실과 ‘돈’의 상관성에 대하여 토의해보자.

4. 최서해(1901~1932)

작가소개

① 1901년 : 함경북도 성진에서 아버지 최씨와 어머니 김능생의 외아
　　　　들로 출생했으며 본명은 학송이다.

② 1917년(17세) : 춘원의 『무정』을 읽고 크게 감명을 받았다.

③ 1918년(18세) : 『학지광』에 춘원의 소개로 『우후 정원의 월광』, 『추
　　　　교의 무색』등을 발표했다.

④ 1920년(20세) : 북간도에 이민가서 어려운 생활을 하였으며 이 시기
　　　　의 극한 체험은 신경향파 소설의 창작 소재가 되었다.

⑤ 1924년(24세) : 단편 『고국』이 『조선문단』에 추천을 받아서 발표되
　　　　었다.

⑥ 1925년(25세) : 『조선문단』에 입사하여 카프에 가입했으며 『박돌의
　　　　죽음』, 『기아와 살육』, 『큰물 진 뒤』를 발표하여 좋은 평
　　　　을 받았다.

⑦ 1927년(27세) : 「조선문단」의 편집 책임자가 되었으며 『홍염』,

『전아사』, 『쥐 죽은 뒤』등을 발표하였다.

⑧1931년(31세) : 창작집『홍염』을 간행하였으며 매일신보 학예부장
      이 되었다.

⑨1932(32세) : 위문 협착증으로 수술을 받고 출혈이 심해져 사망하였
      다.

작품 세계

최서해의 작품 세계는 우리나라 문단에 최초로 체험 문학과 빈궁문학으로서의 독특한 성향을 보여주었다. 최서해의 소설 속에는 머슴살이로, 방랑객으로, 아편장이로, 두부 장수로, 인부로, 승려로 전전하는 참담했던 작가의 체험들로 가득 차 있다.『고국』과『탈출기』는 간도에서 살 수 없어 가족을 버리고 귀국해야 했던 자신의 자전적 이야기이며『십삼원』은 회령에서 겪었던 체험담이다.『홍염』은 만주에서 굶어 죽은 장모 이야기이며,『그믐밤』,『큰물 진 뒤』등의 작품도 빈곤 시절의 체험과 관찰이 제시되어 있다.

1924년 그는 춘원의 소개로 양주 봉선사에서 머물렀는데 바로 이곳에서 문학수업을 쌓으며『탈출기』를 썼다. 그는『탈출기』이전에『조선문단』에『고국』,『십삼원』등을 발표했으나 1925년 3월에 발표된『탈출기』로 인하여 그의 특색있는 문학이 주목받게 되었다. 이어서『박돌의 죽음』,『기아와 살육』,『큰물 진 뒤』등을 발표하면서 당시 신경향파 문학의 대표적인 작가가 되었다. 고난과 빈궁한 생활의 실제 체험을 가지고 등장한 최서해의 작품은 지식인 작가의 관념성을 극복하고 체

험에 바탕을 둔 사실적인 고발 문학으로서 가치를 발하고 있다.

- 고국 (故國) -

큰 뜻을 품고 고국을 떠나던 운심의 그림자가 다시 조선 땅에 나타난 것은 계해년 삼월 중순이었다. 첨으로 회령에 왔다. 헌 메투리에 초라한 검정 주의때 아닌 복면모를 푹 눌러 쓴 아래에 힘없이 꿈벅이는 눈하며, 턱과 코 밑에 거칠거칠한 수염하며, 그가 오 년 전 예리예리하던 운심이라고는 친한 사람도 몰랐다.

간도에서 조선을 향할 때의 운심의 가슴은 고생에 몰리고 몰리면서도 무슨 기대와 희망에 찼다. 그가 두만강 건너편에서 고국 산천을 볼 때 어찌 기쁜지 뛰고 싶었다. 그러나 놀 수가 없어서 노동으로 걸식하면서 온 그는 첫째 경제 문제를 생각지 않을 수 없었다. 다음 그의 가슴을 찌르는 것은 패자라는 부끄러운 느낌이었다.

'아 나는 패자(敗者)다. 나날이 진보하는 도회에서 활동하는 모든 사람은 다 그새에 훌륭한 인물이 되었을 것이다. 나는 확실히 패자로구나…… .'

생각할 때 그는 그만 발 옮길 용기가 나지 않았다. 고국의 사람은 물론이요 돌이며 나무며 심지어 땅에 기어다니는 이름 모를 벌레까지도 자기를 모욕하며 비웃으며 배척할 것같이 생각된다. 그러나 이미 편 춤이니 건너갈 수밖에 없다 하였다. 그는 사동탄(寺洞灘)에서 강을 건넜다. 수직이 순사는 어디 거진가 하여 그를 눈도 거들떠보지 않았다.

그러나 그에게는 다행이었다. 운심은 신회령역을 지나 이제야 푸른빛을 띤 물버들이 드문드문한 조그마한 내를 건넜다. 진달래 봉오리 방긋방긋하는 오산을 바른편에 끼고 중국사람 채마밭을 지나 동문 고개에 올라섰다. 그의 눈에는 넓은 회령 시가가 보였다. 고기 비늘 같은 잇닿인 기와 지붕이며 사이사이 우뚝우뚝 솟은 양옥이며 거미줄같이 늘어진 전봇줄이며 뚜뚜 하는 자동차, 푸푸푸푸 하는 기차 소리며, 이전에 듣고 본 것이지만 그의 이목을 새롭게 하였다.

운심은 여관을 찾을 생각도 없이 비스듬한 큰길로 터벅터벅 걸었다. 어느새 해가 졌다. 전기가 켜졌다. 아직 그리 어둡지 않은 거리에 드문드문 달린 전등, 이집 저집 유리창으로 흘러나오는 붉은 불빛, 황혼 공기에 음파에 전하여 오는 바이올린 소리, 길에 다니는 말쑥한 사람들은 운심에게 딴세상의 느낌을 주었다. 그의 몸은 솜같이 휘주근하고 등에 붙은 점심 못 먹은 배는 꼴꼴 운다.

"객줏집을 찾기는 찾아야 할 터인데 돈이 있어야지…… ."

그는 홀로 중얼거리면서 길 한편에 발을 멈추고 섰다.

밤은 점점 어두워 간다. 전등빛은 한층 더 밝다. 짐을 잔뜩 실은 우차가 삐걱삐걱 소리를 내면서 그의 앞을 지나갔다. 그의 머리 위 넓고 푸른 하늘에 무수히 가물거리는 별들을 기구한 제 신세를 엿보는 듯이 그는 생각했다. 어디에선지 흘러오는 누릿한 음식 냄새는 그의 비위를 퍽 상하였다.

운심은 본정통에 나섰다. 손 위로 현등 아래 '회령여관'이라는 간판이 걸렸다. 그는 그 문 앞에 갔다. 전등 아래의 그의 낯빛은 창백하였다.

'들어갈까? 어쩌면 좋을까?'

하고 그는 망설였다. 이때에 안경 쓴 젊은 사람이 정거장에 통한 길로 회령여관 문을 향하여 들어온다. 그 뒤에 갓 쓴 이며 어린애 업은 여자며 보통이 지고 바가지 든 사람들이 따라 들어온다.

"어서 들어가십시오. 여관을 찾습니까?"

그 안경 쓴 자가 조그마한 보따리를 걸머지고 주저거리는 운심이를 보면서 말을 붙인다. 그러나 운심은 대답이 없었다.

"자 갑시다. 방도 덥구 밥값도 싸지요."

운심은 아무 소리 없이 방에 들어갔다. 방은 아래위 양칸이었다. 그리 크지는 않았으나 그리 더럽지도 않았다. 양방에다 천장 가운데 전등이 달렸다. 벽에는 산수화가 붙어 있었다. 안경 쓴 자와 함께 오던 사람들도 운심이와 한방에 있게 되었다.

저녁상을 받은 운심은 밥을 먹기는 먹으면서도 밥값 치러 줄 걱정에 가슴이 답답하였다. 이를 어쩌노! 밥값을 못 주면 이런 꼴이 어디 있나! 어서 내일부터 날삯이라도 해야지…… 하는 생각에 밥맛도 몰랐다.

바로 삼일운동이 일어나던 해 봄이었다. 그는 서간도로 갔었다. 처음 그는 백두산 뒤 흑룡강가 '청시허'라는 그리 크지 않은 동리에 있었다. 생전에 보지 못하던 험한 산과 울창한 살림과 듣지도 못하던 홍우적(마적) 홍우적하는 소리에 간담이 서늘하였다.

그러나 하루 지나고 이틀 지나 차차 몇 달 되니 고향 생각도 덜 나고 무서운 마음도 덜하였다. 이리하여 이곳서 지내는 때에 그는 산에나 물에나 들에나 먹을 것에나 입을 것에나 조금의 부자유가 없었다. 그러한 부자유는 없었으되 그의 심정에 닥치는 고민은 나날이 깊었다. 벽장골 같은 이곳에 온 후로 친한 벗의 낯은 고사하고 편지 한 장 신문 한 장도 못 보았다. 이곳 사람들은 그의 벗이 되지 못하였다. 토민들은

운심이가 머리도 깎고 일본말도 할 줄 아니 탐정꾼이라고 처음에는
퍽 수군덕수군덕하였다. 산에 돌아다니면서 사냥을 일삼는 옛날 의병
찌터리기들도 부러 운심을 보러 온 일까지 있었다. 이곳에 사는 사람은
함경도 평안도 황해도 사람이 많다. 거개가 생활 곤란으로 와있고 혹은
남의 돈 지고 도망한 자, 남의 게집 빼가지고 온 자, 순사다니다가 횡령
한 자, 노름질하다가 쫓긴 자, 살인한 자, 의병 다니던 자, 별별 흉한
것들이 모여서 군데군데 부락을 이루고 사냥도 하며 목축을 하며 농사
도 하며 불한당질도 한다. 그런 까닭에 윤리도 도덕도 교육도 없다.
힘센 자가 으뜸이요 장수며 패왕이다. 중국 관청이 있으나 소위 경찰부
장이 아편을 먹으면서 아편 장수를 잡아다 때린다.

운심은 동리 어린아이들을 모아 놓고 이야기도 하고 글도 가르쳤다.
그러나 그네들은 운심의 가르침을 이해치 못하였다. 운심이는 늘 슬펐
다. 유위한 청춘이 속절없이 스러져 가는 신세 되는 것이 그에게는 큰
고통이었다.

운심은 그 고통을 잊기 위하여 양양한 강풍을 쐬면서 고기도 낚고
그림 같은 단풍 그늘에서 명상도 하며 높은 봉에 올라 소리도 쳤으나
속 깊이 잠긴 그 비애는 떠나지 않았다. 산골에 방향을 주는 냇소리와
푸른 그늘에서 흘러나오는 유량한 새의 노래로는 그 마음의 불만을
채우지 못하였다. 도리어 수심을 더하였다. 그는 항상 알지 못할 딴세상
을 동경하였다.

산은 단풍에 붉고, 들은 황곡에 누런 그해 가을에 운심이는 청시허를
떠났다. 땀 냄새가 물씬물씬한 여름옷을 그저 입은 그는 여름 삿갓을
쓴 채 조그마한 보따리를 짊어지고 지팡이 하나를 벗하여 떠났다. 그가
떠날 때에 그곳 사람들은 별로 섭섭하다는 표정이 없었다. 모두 문 안에

서서,

　"잘 가슈."

　할 뿐이었다. 다만 조석으로 글 가르쳐 준 열세 살 난 어린것 하나가,

　"선생님, 짐을 벗소. 내 들고 가겠소."

　하면서 청시허에서 십 리 되는 '다사허' 고개까지 와서,

　"선생님, 평안히 가오. 그리고 빨리 오오."

　하면서 운다. 운심이도 울었다. 애끊게 울었다. 어찌하여 울게 되었는지 운심이 자신도 의식치 못하였다. 한참 울다가 주먹으로 눈물을 씻고 돌아서보니 그 아이는 그저 운다. 운심이는 그 아이의 노루꼬리만한 머리를 쓰다듬으면서,

　"어서 가거라, 내가 빨리 다녀오마."

　말을 마치지 못하여 그는 또 울었다. 온 세계의 고독의 비애는 자기 홀로 가진 듯하였다. 운심이는 눈을 문지르는 어린애 손을 꼭 쥐면서,

　"박돌아! 어서 가거라, 내달이면 내가 온다."

　"나는 아버지가 내 말만 들었으면 선생님과 가겠는데…… ."

　하면서 또 운다. 운심이도 또 울었다.

　이 두 청춘의 눈물은 영별의 눈물이었다.

　물을 건너고 산을 넘어 허덕허덕 홀로 갈 때에 돌에 부딪히며 길에 끌리는 지팡이 소리만이 고요한 나무속의 평온한 공기를 울리었다. 그의 발길은 정처가 없었다. 해 지면 자고 해 뜨면 걷고 집이 있으면 얻어먹고 없으면 굶으면서 방랑하였다. 물론 이슬에도 잠잤으며 풀뿌리도 먹었다.

　이때는 한창 남북 만주에 독립단이 처처에 벌떼같이 일어나서 그 경계선을 앞뒤로 늘인 때였다. 청백한 사람으로서 정탐꾼이라고 독립군 총에 죽은 사람도 많았거니와 진정 정탐꾼도 죽은 사람이 많았다.

운심이도 그네들 손에 잡힌바 되어 독립당 감옥에 사흘을 갇혔다가 어떤 아는 독립군의 보증으로 놓였다. 그러나 피 끓는 청춘인 운심이는 그저 있지 않았다. 독립군에 뛰어들었다. 배낭을 지고 총을 메었다. 일시는 엄벙벙한 것이 기뻤다. 그러나 날이 가고 달이 갈수록 그 군인 생활이 염증이 났다.

그리고 그는 늘 고원을 바라보고 울었다. 이상을 품고 울었다. 그 이듬해 간도 소요를 겪은 후로 독립당의 명맥이 일시 기운을 펴지 못하게 되매 군대도 해산되다시피 사방에 흩어졌다. 운심이 있던 군대도 해산되었다. 해낭을 벗고 총을 집어던진 운심이는 여전히 표랑하였다. 머리는 귀밑을 가리고 검은 낯에 수염이 거칠었다. 두 눈에는 항상 붉은 핏발이 섰다. 어떤 때에 그는 아편에 취하여 중국사람 골방에 자빠진 적도 있었으며, 비바람을 무릅쓰고 사냥도 하였다. 그러나 이방의 괴로운 생활에 시화(詩化)되려면 그의 가슴은 가을바람에 머리 숙인 버들가지가 되고 하늘이라도 뚫으려던 그 뜻은 이제 점점 어둑한 천인갱참에 떨어져 들어가는 줄 모르게 떨어져 들어감을 그는 깨달았다. 그는 신세를 생각하고 울었다. 공연히 소리를 지르면서 뛰어도 다녔다.

이 모양으로 향방 없이 표랑하다가 지금 본국으로 돌아오기는 왔다. 내가 찾아갈 곳도 없고 나를 기다려 주는 이도 없건마는 나도 본국으로 들어왔다. 알 수 없는 무엇이 나를 이리로 이끈 것이었다. 그러나 이로부터 어디로 가랴.

운심이가 회령 오던 사흘째 되는 날이다. 회령여관에는 도배장이 나운심(塗褙匠 羅雲深)이라는 문패가 걸렸다.

『조선문단(朝鮮文壇)』(1924)

작품의 이해와 감상

1. 이 작품은 큰 이상을 품었던 주인공이 현실적으로 무력한 존재로 전락되는 반어적 사태를 보여준다. 이 소설의 주인공 운심이 환경과의 갈등속에서 겪는 심리적 고뇌에 대하여 토론해보자

자료: '아 나는 패자(敗者)다. 나날이 진보하는 도회에서 활동하는 모든 사람은 다 그새에 훌륭한 인물이 되었을 것이다. 나는 확실히 패자로구나…… .'

2. 이 작품에 등장하는 다음의 어휘의 뜻과 비유적 표현의 뜻을 조사하고 이 어휘를 활용하여 문장을 만들어 보자

1) 유위(有爲):
2) 노루꼬리만한:

-탈출기 (脱出記) -

김군! 수삼 차 편지는 반갑게 받았다. 그러나 나는 한 번도 회답지 못하였다. 물론 군의 충정에는 나도 감사를 드리지만 그 충정을 나는 받을 수 없다.

박군! 나는 군의 탈가(脱家)를 찬성할 수 없다. 음험한 이역에 늙은

어머니와 어린 처자를 버리고 나선 군의 행동을 나는 찬성할 수 없다.

박군! 돌아가라. 어서 집으로 돌아가라. 군의 부모와 처자가 이역 노두에서 방황하는 것을 나는 눈앞에 보는 듯싶다. 그네들의 의지할 곳은 오직 군의 품밖에 없다. 군은 그네들을 구해야 할 것이다.

군은 군의 가정에서 동량이다. 동량이 없는 집이 어디 있으랴? 조그마한 고통으로 집을 버리고 나선다는 것이 의지가 굳다는 박군으로서는 너무도 빈약한 소위이다.

군은 ××단에 몸을 던져 ×선에 섰다는 말을 일전 황군에게서 듣기는 하였으나 그렇다 하여도 나는 그것을 시인할 수 없다. 가족을 못 살리는 힘으로 어찌 사회를 건지랴.

박군! 나는 군이 돌아가기를 충정으로 바란다. 군의 가족이 사람들 발 아래서 짓밟히는 것을 생각할 때 군의 가슴인들 어찌 편하랴.

김군! 군은 이러한 말을 편지마다 썼지? 나는 군의 뜻을 잘 알았다. 내 사랑하는 나의 가족을 위하여 동정하여 주는 군에게 내 어찌 감사치 않으랴? 정다운 벗의 충고에 나는 늘 울었다. 그러나 그 충고를 들을 수 없다. 듣지 않는 것이 군에게는 고통이 되는지, 분노가 되는지, 나에게 있어서는 행복일는지도 알 수 없는 까닭이다.

김군! 나도 사람이다. 정애(情愛)가 있는 사람이다. 나의 목숨 같은 내 가족이 유린 받는 것을 내 어찌 생각지 않으랴? 나의 고통을 제삼자로서는 만분의 일이라도 느낄 수 없을 것이다.

나는 이제 나의 탈가한 이유를 군에게 말하고자 한다. 여기 대하여 동정(同情)과 비난(非難)은 군의 자유이다. 나는 다만 이러하다는 것을 군에게 알릴뿐이다. 나는 이것을 군이 아니면 다른 사람에게라도 알라지 않고는 견딜 수 없는 충동을 받는 까닭이다.

그러나 나는 단언한다. 군도 사람이거니 나의 말하는 것을 부인치는
못하리라.

  김군! 내가 고향을 떠난 것은 오 년 전이다. 이것은 군도 아는 사실이
다. 나는 그때에 어머니와 아내를 데리고 떠났다. 내가 고향을 떠나
간도로 간 것은 너무도 절박한 생활에 시든 몸이, 새 힘을 얻을까 하여
새 희망을 품고 새 세계를 동경하여 떠난 것도 군이 아는 사실이다.
  간도는 천부금탕이다. 기름진 땅이 흔하여 어디를 가든지 농사를 지
을 수 있고, 농사를 잘 지으면 쌀도 흔할 것이다. 삼림이 많으니 나무
걱정도 될 것이 없다.
  농사를 지어서 배불리 먹고 뜨뜻이 지내자. 그리고 깨끗한 초가나
지어 놓고 글도 읽고 무지한 농민들을 가르쳐서 이상촌(理想村)을 건설
하리라. 이렇게 하면 간도의 황무지를 개척할 수 있다.
  이것이 간도 갈 때의 내 머릿속에 그리었던 이상이었다. 이때에 나는
얼마나 기뻤으랴! 두만강을 건너고 오랑캐령을 넘어서 망망한 평야와
산천을 바라볼 때 청춘의 내 가슴은 이상의 불길에 탔다. 구수한 내
소리와 헌헌한 내 행동에 어머니와 아내도 기뻐하였다.
  오랑캐령을 올라서니 서북으로 쏠려 오는 봄 세찬 바람이 어떻게
뺨을 갈기는지,
  "에그 춥구나! 여기는 아직도 겨울이로구나."
  어머니는 수레 위에서 이불을 뒤집어썼다.
  "무얼요, 이 바람을 많이 마셔야 성공이 올 것입니다."
  나는 가장 씩씩하게 말하였다. 이처럼 나는 기쁘고 활기로웠다.

김군! 그러나 나의 이상은 물거품으로 돌아갔다. 간도에 들어서서 한 달이 못 되어서부터 거친 물결은 우리 새 생령(生靈)의 앞에 기탄없이 몰려왔다.

나는 농사를 지으려고 밭을 구하였다. 빈 땅은 없었다. 돈을 주고 사기전에는 한 평의 땅이나마 손에 넣을 수 없었다. 그렇지 않으면 지나인의 밭을 도조나 타조로 얻어야 된다. 일 년 내 중국 사람에게 양식을 꾸어 먹고 도조나 타조를 지으면 가을 추수는 빚으로 다 들어가고 또 처음 꼴이 된다. 그러나 농사라고 못 지어 본 내가 도조나 타조를 얻는 대야 일 년 양식 빚도 못 될 것이고, 또 나 같은 시로도(아마추어)에게는 밭은 주지 않았다.

생소한 산천이요, 생소한 사람들이니, 어디 가 어쩌면 좋을는지? 의논할 사람도 없었다. H라는 촌 거리에 셋방을 얻어 가지고 어름어름하는 새에 보름이 지나고 한 달이 넘었다. 그 새에 몇 푼 남았던 돈은 다 불려먹고 밭은 고사하고 일자리도 못 얻었다. 나는 팔을 걷고 나섰다. 이리저리 돌아다니면서 구들도 고쳐 주고 가마도 붙여 주었다. 이리하여 호구하게 되었다. 이때 H장에서는 나를 온돌장이(구들 고치는 사람)라고 불렀다. 갈아입을 의복이 없는 나는 늘 숯검정이 꺼멓게 묻은 의복을 벗을 새가 없었다.

H장은 좁은 곳이다. 구들 고치는 일도 늘 있지 않았다. 그것으로 밥 먹기가 어려웠다. 나는 여름 불볕에 삯김도 매고 꼴로 베어 팔았다. 그리고 어머니와 아내는 삯방아 찧고 강가에 나가서 부스러진 나뭇개비를 주워서 겨우 연명하였다.

김군! 나는 이때부터 비로소 무서운 인간고(人間苦)를 느꼈다. 아아, 인생이란 과연 이렇게도 괴로운 것인가? 하는 것을 생각하게 되었다.

나는 나에게 닥치는 풍파 때문에 눈물 흘린 일은 이때까지 없었다. 그러나 어머니가 나무를 줍고 젊은 아내가 샀방아를 찧을 때 나의 피는 끓었으며, 나의 눈은 눈물에 흐려졌다.

"에구, 차라리 내가 드러누워 앓고 있지, 네 괴로워하는 꼴은 차마 못 보겠다."

이것은 언제 내가 병들어 신음할 때에 어머니가 울면서 하신 말씀이다. 이것을 무심히 들었던 나는 이때에야 이 말의 참뜻을 느꼈다.

"아아, 차라리 나의 고기가 찢어지고 뼈가 부서지는 것은 참을 수 있으나, 내 눈앞에서 사랑하는 늙은 어머니와 아내가 배를 주리고 남의 멸시를 받는 것은 참으로 견디기 어렵구나."

나는 이렇게 여러 번 가슴을 쳤다. 나는 밤이나 낮이나, 비 오나 바람이치나 헤아리지 않고 샀김, 샀심부름, 샀나무 무엇이든지 가리지 않았다.

"오늘도 배고프겠구나. 아침도 변변히 못 먹고…… 나는 너 배 주리잖는 것을 보았으면 죽어도 눈을 감겠다."

내가 샀일을 하다가 늦게 돌아오면 어머니는 우실 듯이 말씀하셨다. 그러나 나는 흔연하게,

"배는, 무슨 배가 고파요."

대답하였다.

내 아내는 늘 별말이 없었다. 무슨 일이든지 시키는 대로 소곳하고 아무 소리 없이 순종하였다. 나는 그것이 더욱 불쌍하게 생각되었다. 나는 어머니보다는 아내 보기가 퍽 부끄러웠다.

"경제의 자립도 못 되는 내가 왜 장가를 들었누?"

이것이 부모의 한 일이었지만 나는 이렇게도 탄식하였다. 그럴수록

아내에게 대하여 황공하였고 존경하였다.

어떻게 하면 살 수 있을까?…… 이러한 생각은 이때 내 머리를 몹시 때렸다. 이때 나에게 부지런한 자에게 복이 온다 하는 말이 거짓말로 생각되었다. 그 말을 지상의 격언으로 굳게 믿어 온 나는 그 말에 도리어 일종의 의심을 품게 되었고, 나중은 부인까지 하게 되었다.

부지런하다면 이때 우리처럼 부지런함이 어디 있으며 정직하다면 이때 우리 식구같이 정직함이 어디 있으랴? 그러나 빈곤은 날로 심하였다. 이틀 사흘 굶은 적도 한두 번이 아니었다. 한 번은 이틀이나 굶고 일자리를 찾다가 집으로 들어가 보니 부엌 앞에서 아내가(아내는 이때 아이를 배어서 배가 남산만하였다) 무엇을 먹다가 깜짝 놀란다. 그리고 손에 쥐었던 것을 얼른 아궁이에 집어넣는다. 이때 불쾌한 감정이 내 가슴에 떠올랐다.

‘…… 무얼 먹을까? 어디서 무엇을 얻었을까? 무엇이길래 어머니와 나 몰래 먹누? 아! 여편네란 그런 것이로구나! 아니 그러나 설마…… 그래도 무엇을 먹던데…… .’

나는 이렇게 아내를 의심도 하고 원망도 하고 밉게 생각하였다. 아내는 아무 말 없이 어색하게 머리를 숙이고 앉아 씩씩 하다가 밖으로 나간다. 그 얼굴은 좀 붉었다.

아내가 나간 뒤에 나는 아내가 먹다가 던진 것을 찾으려고 아궁이를 뒤지었다. 싸늘하게 식은 재를 막대기로 뒤져내니 벌건 것이 눈에 띄었다. 나는 그것을 집었다. 그것은 귤껍질이다. 거기는 베어 먹은 잇자국이 났다. 귤껍질을 쥔 나의 손이 떨리고 잇자국을 보는 내 눈에는 눈물이 괴었다.

김군! 이때 나의 감정을 어떻게 표현하면 적당할까?

오죽 먹고 싶었으면 오죽 배고팠으면, 길바닥에 내던진 귤껍질을 주워 먹을까! 더욱 몸 비잖은 그가! 아아, 나는 사람이 아니다. 그러한 아내를 나는 의심하였구나! 이놈이 어찌하여 그러한 아내에게 불평을 품었는가? 나 같은 잔악한 놈이 어디 있으랴. 내가 양심이 부끄러워서 무슨 면목으로 아내를 볼까?

이렇게 생각하면서 나는 느껴 가며 눈물을 흘렸다. 귤껍질을 쥔 채로 이를 악물고 울었다.

"야, 어째 우느냐? 일어나거라. 우리도 살 때 있겠지, 늘 이렇겠느냐."

하면서 누가 어깨를 친다. 나는 그것이 어머니인 것을 알았고,

"아이구 어머니, 나는 불효외다."

하면서 어머니의 발을 안고 자꾸자꾸 울고 싶었다. 그러나 나는 아무 소리 없이 가슴을 부둥켜안고 밖으로 나갔다.

"내가 왜 우누? 울기만 하면 무엇 하나? 살자! 살자! 어떻게든지 살아보자! 내 어머니와 내 아내도 살아야 하겠다. 이 목숨이 있는 때까지는 벌어보자!"

나는 이를 갈고 주먹을 쥐었다. 그러나 눈물은 여전히 흘렀다. 아내는 말 없이 울고 섰는 내 곁에 와서 손으로 치마끈을 만지작거리며 눈물을 떨어뜨린다. 농삿집에서 길러난 아내는 지금도 어찌 수줍은지 내가 울면 같이 울기는 하여도 어떻게 말로 위로할 줄은 모른다.

김군! 세월은 우리를 위하여 여름을 항상 주지는 않았다.

서풍이 불고 서리가 내리기 시작하였다. 찬 기운은 헐벗은 우리를 위협하였다.

가을부터 나는 대구어(大口魚) 장사를 하였다. 삼 원을 주고 대구 열

마리를 사서 등에 지고 산골로 다니면서 콩(대두:大豆)과 바꾸었다. 그러나 대구 열 마리를 등에 질 수 있었으나, 대구 열 마리를 주고 받은 콩 열 말은 질 수 없었다. 나는 하는 수 없이 삼사십 리나 되는 곳에서 두 말씩 두말씩 사흘 동안이나 져 왔다. 우리는 열 말 되는 콩을 자본삼아 두부장사를 시작하였다.

아내와 나는 진종일 맷돌질을 하였다. 무거운 맷돌을 돌리고 나면 팔이 뚝 떨어지는 듯하였다.

내가 이렇게 괴로울 적에 해산한 지 며칠 안 되는 아내의 괴롬이야 어떠하였으랴? 그는 늘 낯이 푸석푸석하였다. 그래도 나는 무슨 불평이 있는 때면 아내를 욕하였다. 그러나 욕한 뒤에는 곧 후회하였다. 콧구멍만한 부엌방에 가마를 걸고 맷돌을 놓고 나무를 들이고 의복가지를 걸고 하면 사람은 겨우 비비고 들어앉게 된다. 뜬 김에 문창은 떨어지고 벽은 눅눅하다. 모든 것이 후줄근하여 의복을 입은 채 미지근한 물 속에 들어앉은 듯하였다. 어떤 때는 애써 갈아 놓은 비지가 이 뜬 김 속에서 쉬어 버렸다. 두붓물이 가마에서 몹시 끓어 번질 때에 우윳빛 같은 두붓물 위에 버터빛 같은 노란 기름이 엉기면(그것은 두부가 잘될 징조다) 우리는 안심한다. 그러나 두붓물이 희멀끔해지고 기름기가 돌지 않으면 거기에만 시선을 쏘고 있는 아내의 낯빛부터 글러 가기 시작한다. 초를 쳐 보아서 두붓발이 서지 않게 매캐지근하게 풀려질 때에는 우리의 가슴은 덜컥한다.

"또 쉰 게로구나! 저를 어찌누?"

젖을 달라고 빽빽 우는 어린아이를 안고 서서 두붓물만 들여다보시는 어머니는 목메인 말씀을 하시면서 우신다. 이렇게 되면 온 집안은 신산하여 말할 수 없는 울음, 비통, 처참, 소조한 분위기에 싸인다.

"너 고생한 게 애닯구나! 팔이 부러지게 갈아서…… 그거(두부)를 팔아서 장을 보려고 태산같이 바랐더니…… ."

어머니는 그저 가슴을 뜯으면서 우신다. 아내도 울 듯 울듯이 머리를 숙인다. 그 두부를 판대야 큰 돈은 못 된다. 기껏 남은대야 이십 전이나 삼십전이다. 그것으로 우리는 호구를 한다. 이십 전이나 삼십 전에 어머니는 운다. 아내도 기운이 준다. 나까지 가슴이 바짝바짝 조인다.

그날은 하는 수 없이 쉰 두붓물로 때를 에우고 지낸다. 아이는 젖을 달라고 밤새껏 빽빽거린다. 우리의 살림에는 어린것도 귀찮았다.

울면서 겨자먹기로 괴로운 대로 또 두부를 하지 않으면 안 된다. 그러나 이번에는 땔 나무가 없다. 나는 낫을 들고 떠난다. 내가 낫을 들고 떠나면 산후여독(産後餘毒)으로 신음하는 아내도 낫을 들고 말없이 나를 따라 나선다. 어머니와 나는 굳이 만류하나 아내는 듣지 않는다. 내 손으로 하는 나무이건만 마음 놓고는 못한다. 산 임자에게 들키면 여간한 경을 치지 않는다. 그러므로 우리는 황혼이면 산에 가서 도적나무를 하여 지고, 밤이 깊어서 돌아온다. 아내는 이고 나는 지고 캄캄한 밤에 산비탈로 내려오다가 발이 미끄러지거나 돌에 채면 나는 곤두박질을 하여 나뭇짐 속에 든다. 아내는 소리 없이 이었던 나무를 내려놓고 나뭇짐에 눌려서 버둑거리는 나를 겨우 끄집어 일으킨다. 그러나 내가 나뭇짐을 지고 일어나면 아내는 나뭇짐을 이지 못한다. 또 내가 나뭇짐을 벗고 아내에게 이어 주면 나는 추어주는 이 없이는 나뭇짐을 질 수 없다. 하는 수 없이 나는 어떤 높은 바위에 벗어 놓은 후에 지기 편하도록 아내에게 이어 준다. 이리하여 산비탈을 내려오면 언제 왔는지 어머니는 애를 업고 우둘우둘 떨면서 산 아래서 기다리시다가도,

"인제 오니? 나는 너 또 붙들리지나 않는가 하여 혼이 났다."

하신다. 이때마다 내 가슴은 저렸다. 나는 이렇게 나무 도적질을 하다가 중국 경찰서까지 잡혀 가서 여러 번 맞았다.

이때 이웃에서는 우리를 조소하고 경찰에서는 우리를 의심하였다.

흥, 신수가 멀쩡한 연놈들이 그 꼴이야, 어디 가 일자리도 구하지 않고, 그 눈이 누래서 두부장사하는 꼬락서니는 참 더러워서 못 보겠네, 불알을 달고 나서 그렇게야 살리?

이것은 이웃 남녀가 비웃는 소리였다. 그리고 어떤 산 임자가 나무 잃고 고발을 하면 경찰에서는 불문곡직하고 우리집부터 수색하고 질문하면서 나를 때린다. 그러나 나는 호소할 곳이 없다.

김군! 이러구러 겨울은 점점 깊어 가고 기한은 점점 깊어 가고 기한은 점점 박두하였다. 일자리는 없고…… 그렇다고 손은 털고 앉았을 수는 없었다. 모든 식구가 퍼러퍼래서 굶고 앉은 꼴을 나는 그저 볼 수 없었다. 시퍼런 칼이라도 들고 하루라도 괴로운 생을 모면하도록 그네들을 쿡쿡 찔러 없애고 나까지 없어지든지 그렇지 않으면 칼을 들고 나서서 강도질이라도 하여서 기한을 면하든지 하는 수밖에는 더 도리가 없게 절박하였다. 나는 일이 없으면 없느니만치, 고통이 닥치면 닥치느니만치 내 번민은 컸다. 나는 어떤 날은 거의 얼빠진 사람처럼 눈을 감고 깊은 생각에 잠긴 일이 있었다.

이때 내 머릿속에서는 머리를 움실움실 드는 사상이 있었다(오늘날에는 생각하면 그것은 나의 전운명을 결정할 사상이었다). 그 생각은 누구의 가르침에 의해 일어난 것도 아니려니와 일부러 일으키려고 애써서 일어난 것도 아니다. 봄 풀싹같이 내 머릿속에서 점점 머리를 들었다.

나는 여태까지 세상에 대하여 충실하였다. 어디까지든지 충실하려고
하였다. 내 어머니, 내 아내까지도 뼈가 부서지고 고기가 찢기더라도
충실한 노력으로 살려고 하였다. 그러나 세상은 우리를 속였다. 우리의
충실을 받지 않았다. 도리어 충실한 우리를 모욕하고 멸시하고 학대하
였다. 우리는 여태까지 속아 살았다. 포악하고 허위스럽고 요사한 무리
를 용납하고 옹호하는 세상인 것을 참으로 몰랐다. 우리뿐 아니라 세상
의 모든 사람들도 그것을 의식치 못하였을 것이다. 그네들은 그러한
세상의 분위기에 취하였었다. 나도 이때까지 취하였었다. 우리는 우리
로서 살아온 것이 아니라 어떤 험악한 제도의 희생자로서 살아 왔었다.

　김군! 나는 사람들을 원망치 않는다. 그러나 마주(魔酒)에 취하여 자
기의 피를 짜 바치면서도 깨지 못하는 사람을 그저 볼 수 없다. 허위와
요사와 표독과 게으른 자를 옹호하고 용납하는 이 제도는 더욱 그저
둘 수 없다.

　이 분위기 속에서는 아무리 노력하여도, 충실하여도, 우리는 우리의
생의 만족을 느낄 날이 없을 것이다. 어찌하여 겨우 연명을 한다 하더라
도 죽지 못하는 삶이 될 것이요, 그 영향은 자식에게까지 미칠 것이다.
나는 어미 품속에서 빽빽 하는 어린것의 장래를 생각할 때면 애잡짤한
감정과 분함을 금할 수 없다. 내가 늘 이 상태면(그것은 거의 정한 이치
다) 그에게는 상당한 교양은 고사하고, 다리 밑이나 남의 집 문간에
버리게 될 터이다, 아! 삶을 받은 한 생령을 죄 없이 찌그러지게 하는
것이 어찌 애닲잖으며 분치 않으랴? 그렇다 하면 그것을 나의 죄라 할
까?

　김군! 나는 더 참을 수 없었다. 나는 나부터 살리려고 한다. 이때까지
는 최면술에 걸린 송장이었다. 제가 죽은 송장으로 남(식구)들을 어찌

살리랴? 그러려면 나는 나에게 최면술을 걸려는 무리를, 험악한 이 공기의 원류를 쳐부수려고 하는 것이다.

나는 이것을 인간의 생의 충동이며 확충이라고 본다. 나는 여기서 무상의 법열을 느끼려고 한다. 아니 벌써부터 느껴진다. 이 사상이 나로 하여금 집을 탈출케 하였으며, ××단에 가입하게 하였으며, 비바람 밤낮을 헤아리지 않고 벼랑 끝보다 더 험한 ×선에 서게 한 것이다.

김군! 거듭 말한다. 나도 사람이다. 양심을 가진 사람이다. 애정을 가진 사람이다. 내가 떠나는 날부터 식구들은 더욱 곤경에 들 줄도 나는 안다. 자칫하면 눈 속이나 어느 구렁에서 죽는 줄도 모르게 굶어 죽을 줄도 나는 잘 안다. 그러므로 나는 이곳에서도 나의 집 행랑어멈이나 아범이며 노두에 방황하는 거지를 무심히 보지 않는다.

아! 나의 식구도 그럴 것을 생각할 때면 자연히 흐르는 눈물과 뿌직뿌직 찢기는 가슴을 덮쳐잡는다. 그러나 나는 이를 갈고 주먹을 쥐다. 눈물을 아니 흘리려고 하며 비애에 상하지 않으려고 한다. 울기에는 너무도 때가 늦었으며 비애에 상하는 것은 우리의 박약을 너무도 표시하는 듯싶다. 어떠한 고통이든지 참고 분투하려고 한다.

김군! 이것이 나의 탈가한 이유를 대략 적은 것이다. 나는 나의 목적을 이루기 전에는 내 식구에게 편지도 하지 않으려고 한다. 그네가 죽어도, 내가 또 죽어도…… .

나는 이러다가 성공 없이 죽는다 하더라도 원한이 없겠다. 이 시대, 이 민중의 의무를 이행한 까닭이다.

아아! 김군아! 말은 다 하였으나 정은 그저 가슴에 넘치누나!

작품의 이해와 감상

1. 자전적 사소설(自傳的 私小說)의 성격을 띠고 있는 『탈출기』는 편지 글의 형식을 취하고 있다. 1인칭 주인공 시점의 편지 형식이 체험 소설로서의 사실성을 전달하는데 어떤 효과를 주는지 토론해보자.

2. 이 작품은 주인공 '나(박군)'가 친구인 '김군'에게 '탈가(脫家)'의 정당성을 설명하고 행동적인 투쟁을 할 수밖에 없는 사정을 서술하고 있다. 주인공이 선택한 결말 부분에서의 행동은 신경향파 문학의 특징과 어떤 관련이 있는지 말해보자.

5. 나도향(羅稻香 : 1902~1927)

작가소개

①1902년 : 서울 청파동에서 나상연과 김성녀 사이의 6남매 중 장남으로 출생하였다. 본명은 경손이고 호는 도향이다.

②1913년(12세) : 배재학당에 입학하였으며 이 시절부터 교지를 편집하는 등 문학에 관심이 많았다.

③1918년(17세) : 배재학당을 졸업한 후 조부의 권유로 경성 의전에 입학했다.

④1919년(18세) : 문학에 뜻을 두고 가족 몰래 일본에 건너가 와세다대 영문학과에 입학했으나 학비조달이 되지 않아 뜻을 접고 귀국했다.

⑤1922년(21세) : 홍사용, 이상화, 박종화등과 함께 『백조』를 창간하였으며 『옛날 꿈을 창백하더이다』, 장편 『환희』등을 발표하였다.

⑥1923년(22세) : 조선도서(출판사)에 입사하였으며 단편『십칠원 오
　　　　　　　십전』,『행랑자식』등을 발표하였다.
⑦1924년(23세) : 시대일보 사회부 기자로 일했으며 단편『자기를 찾
　　　　　　　기 전』,『전차 차장의 일기 몇절』등을 발표했다.
⑧1925년(24세) :『뽕』,『물레방아』,『계집하인』등을 발표하고 일본으
　　　　　　　로 건너가 공부하려고 했으나 경제적 궁핍과 폐병으로
　　　　　　　꿈을 이루지 못했다.
⑨1926년(25세) :『지형근』,『화염에 싸인 원한』등을 발표하고 일본에
　　　　　　　서 귀국한 후에 폐병으로 으로 사망했다.

작품 세계

　나도향의 작품 세계는 초기의 영탄적인 감상의 세계에서 점차 객관성을 띤 사실적인 작품 경향으로 변화하였다.『벙어리 삼룡이』,『물레방아』,『뽕』등에서 초기의 낭만주의적 경향을 점차 탈피하여 사실주의 색채를 보이며 리얼리즘의 세계를 개척해 나갔다. 나도향의 소설은 첫째, 신문학 초기의 계몽적 성격의 문학을 벗어나 개인적 자아의 각성에 바탕을 둔 낭만주의 문학의 특징을 보여주었다. 둘째, 목적의식의 문학이 아닌 심미성에 기초한 언어 예술로서의 가능성을 탐색하였다. 셋째, 감상 위주의 초기 작품을 발전시켜 한국적 낭만주의 독특한 세계를 개척하였다. 넷째,『물레방아』,『벙어리 삼룡이』등에서 볼 수 있듯이 사회 계층적 차이와 인간의 열정적 사랑사이에서 갈등했던 한국인의

정신세계를 상징적으로 표현하였다.

-물레방아-

　덜컹덜컹 홈통에 들어갔다가 다시 쏟아져 흐르는 물이 육중한 물레방아를 번쩍 쳐들었다가 쿵 하고 확 속으로 내던질 제 머슴들의 콧소리는 허연겻가루가 켜져 앉은 방앗간 속에서 청승스럽게 들려 나온다.
　쏼 쏼 쏼, 구슬이 되었다가 은가루가 되고, 댓줄기같이 뻗치었다가 다시 콸콸 쏟아져 청룡이 되고 백룡이 되어 용솟음쳐 흐르는 물이 저쪽 산모퉁이를 십 리나 두고 돌고, 다시 이쪽 들 복판을 오리쯤 꿰뚫은 뒤에 이방원(芳源)이가 사는 동네 앞 기슭을 스쳐지나가는데, 그 위에 물레방아 하나가 놓여 있다. 물레방아에서 들여다보면 동북간으로 큼직한 마을이 있으니, 이 마을에 가장 부자요, 가장 세력이 있는 사람으로 이름을 신치규(申治圭)라고 부른다. 이방원이라는 사람은 그 집의 막실(幕室)살이를 하며가며 그의 땅을 경작하여, 자기 아내와 두 사람이 그날 그날을 지내간다. 어떠한 가을 밤 유난히 밝은 달이 고요한 이 촌을 한적하게 비칠 때, 그 물레방앗간 옆에 어떠한 여자 하나와 어떤 남자 하나가 서서 이야기를 하는 소리가 들리었다.
　그 여자는 방원의 아내로 지금 나이가 스물두 살, 한참 정열에 타는 가슴으로 가장 행복스러울 나이의 젊은 여자이요, 그 남자는 오십이 반이 넘어 인생으로서 살아올 길을 다살고서 거의 거의 쇠멸의 구렁이를 향하여 가는 늙은이다.

그의 말소리는 마치 그 여자를 달래는 것 같이,

"얘, 내 말이 조금도 그를 것이 없지? 쉰네 할멈에게도 자세한 말을 들었을 터이지마는 너 생각해보아라. 네가 허락만 하면 무엇이든지 네가하고 싶다는 것을 내가 전부 해줄 터이니 말야. 그까짓 방원이 녀석하고 네가 몇백년 살아야 얼마든지 막실 구석을 면하지 못할 터이니…… 허허 사람이란 젊어서 호강해보지 못하면 평생 한 번 하여 보지 못하고 죽을 것이 아니냐, 내가 말하는 것이 조금도 잘못한 것이 없느리라! 대강 너의 말을 쉰네 할멈에게 듣기는 들었으나 그래도 너에게 한 번 바로대고 듣는 것만 못해서 이리로 만나자고 한 것이다. 너의 마음은 어떠냐? 허허, 내 앞이라고 조금도 어떻게 알지 말고 이야기해봐, 응?"

이 늙은이는 두말 할 것 없이 신치규다. 그는 탐욕스러운 눈으로 방원의 계집을 들여다보며 한 손으로 등을 두드린다.

새침한 얼굴이 파르족족하고 기다란 눈썹과 검푸른 두 눈 가장자리에 예쁜 입, 뽀르퉁한 뺨이며, 콧날이 오뚝한 데다가 후리후리한 키에 떡 벌어진 엉덩이가 아무리 보더라도 무섭게 이지적인 동시에 또한 창부형으로 생긴 것이다. 계집은 아무 말이 없이 서서 짐짓 부끄러운 태를 지으며, 매혹적인 웃음을 생긋 웃고는 고개를 돌렸다. 그 웃음이 얼마나 짐승 같은 신치규의 만족을 사게 되었으며, 또한 마음을 충동시켰는지, 희끗희끗한 수염이 거의 계집의 뺨에 닿도록 더 가까이 와서,

"응? 왜 대답이 없니? 부끄러워서 그러니? 그렇게 부끄러워할 일은 아닌데."

하고, 계집의 손을 잡으며,

"손도 이렇게 예쁜 줄은 이제까지 몰랐구나. 참 분결 같다. 이렇게 얌전히 생긴 네가 방원 같은 천한놈의 계집이 되어 일평생을 그대로

썩는다는 것은 너무 가엾고 아깝지 않느냐? 예."

계집은 몸을 돌리려고 하지도 않고, 영감이 하는 대로 내버려두며, 눈으로 땅만 내려다보고 섰다가 가까스로 입을 떼는 듯하더니,

"제 말이야 모두 쇤네 할멈이 여쭈었지요. 저에게는 너무 분수에 과한 말씀이니까요."

"온, 천만에 소리를 다 하는구나, 그게 무슨 소리냐. 너도 아다시피 내가 너를 장난삼아 그러는 것도 아니겠고, 후사(後嗣)가 없어 그러는 것이니까, 네가 내 아들이나 하나 낳아주렴. 그러면 내 것이 모두 네 것이 되지 않겠니? 자아 그러지 말고 오늘 허락을 하렴. 그러면 내일이라도 방원이 놈을 내쫓고 너를 불어들일 터이니."

"어떻게 내쫓을 수가 있어요?"

"허어, 그것이 그리 어려울 것이 무엇 있니. 내가 나가라는데 제가 나가지 않고 배길 줄 아니?"

"그렇지만 너무 과하지 않을까요?"

"무엇, 저런 생각을 하니까 네가 이 모양으로 이 때까지 있었지. 어떻단 말이냐? 그런 것은 조금도 염려하지 말구. 자아, 또 네 서방에게 들킬라, 어서 들어가자."

"먼저 들어가세요."

"왜?"

"남이 보면 수상히 알게요."

"무얼, 나하고 가는데 수상히 알 게 무어야. 어서 가자."

계집은 천천히 두어 걸음 따라가다가,

"영감!"

하고 멈춤하고 서있다.

“왜 그러니?”

계집은 다시 말이 없이 서 있다가,

“아니에요.”하고,

“먼저 들어가세요.”

하며 돌아선다. 영감이 간이 달아서 계집의 손을 잡으며,

“가자, 집으로 들어가자.”

그의 가슴은 두근거리는지 숨소리가 잦아진다. 계집은 손을 빼려하며,

“점잖으신 어른이 이게 무슨 짓이에요.”

하면서도, 그의 몸짓에는 모든 것을 허락한다는 뜻이 보였다. 영감은 계집의 몸을 끌어안더니 방앗간 뒤로 돌아섰다. 계집은 영감 가슴에 안겨서 정욕이 가득한 눈으로 그를 보면서,

“영감.”

말 한 마디 하고 침을 한 번 삼키었다.

“영감이 거짓말은 안 하지요?”

“아니.”

그의 말은 떨리었다. 계집은 영감의 팔을 한 손으로 잡고, 또 한 손으로 방앗간 속을 가리켰다.

“저리로 들어가세요.”

영감과 계집은 방앗간에서 이삼십 분 후에 다시 나왔다.

2

사흘이 지난 뒤에 신치규는 방원이를 자기집 사랑 마당 앞으로 불렀다.

“예.”

방원은 상전이라 고개를 숙이고,

“예.”

공손하게 대답을 하였다.

“네가 그 간 내 집에서 정성스럽게 일한 것은 고마운 일이지마는
······.”

점잔과 주짜를 빼면서 신치규는 말을 꺼내었다. 방원의 가슴은 ‘마
는’이라는 말 뒤에 이어질 말을 미리 깨달은 듯이, 온 전신의 피가 가슴
으로 모여드는 듯하더니, 다시 터럭이라는 터럭은 전부 거꾸로 일어서
는 듯하였다.

“오늘부터는 우리집에 사정이 있어 그러니, 내 집에 있지 말고 다른
곳에 좋은 곳을 찾아가 보아라.”

아무 조건이 없다. 또한 이곳에서도 할말이 없다. 죽으라고 하면 죽는
시늉이라도 해야 하는 것이다. 주인은 돈 가지고 사람을 사고 팔 수도있
는 것이다.

방원은 가슴이 답답하였다. 자기 혼자 몸 같으면 어디 가서 어떻게
벌어먹더라도 살 수 있지마는, 사랑하는 아내를 구해 갈 길이막연하다.
그는 고개를 굽히고 허리를 굽히고, 나중에는 마음을 굽히어 사정도
하여 보고 애걸도 하여 보았다.

그러나, 그것은 헛된 일이다. 주인의 마음은 쇠나 돌보다도 더 굳었
다.

그는 하는 수 없이 자기 아내에게 그 이야기를 하였다. 그리고 아내더
러 안주인 마님께 사정을 좀 하여 얼마간이라도 더 있게하여 달라고
해보라고 하였다. 그러나, 아내는 방원의 말을 들을 리가 없었다. 도리

어,

"그러면 어떻게 한단 말이요. 이제부터는 나를 어떻게 먹여 살릴 터이요?"

"너는 그렇게도 먹고 살 수 없을까 봐 겁이 나니?"

"겁이 나지 않고. 생각을 해보구료, 인제는 꼼짝할 수 없이 죽지 않았소?"

"죽어?"

"그런 임자가 나를 데리고 이곳까지 올 때에 무어라고 하였소. 어떻게 해서든지 너 하나야 먹여 살리지 못하겠느냐고 하였지요?"

"그래."

"그래 얼마나 나를 잘 먹여살리고, 나를 호강시켰소. 이때까지 이태나 되도록 끌구 돌아다닌다는 것이 남의 집 행랑이었지요."

"애, 그것을 내가 모르고 하는 말이냐? 내가 하려고 하지 않아서 그렇게 된 것이냐? 차차 살아가는 동안에 무슨 일이든지 생기겠지. 설마 요대로 늙어죽기야 하겠니!"

"듣기 싫소! 뿔 떨어지면 구워 먹지, 어느 천 년에."

방원이는 가뜩이나 내쫓기고 화가 나는데 계집까지 그리하니까 속에서 열화가 올라왔다.

"이 육시를 하고도 남을 년! 왜 남의 마음을 쿨렁거리니?"

"왜 사람에게 욕을 해!"

"이년아, 욕좀 하면 어떠냐?"

"왜 욕을 해!"

계집이 얼굴이 노래지며 대든다.

"이년이 발악인가?"

"누가 발악야. 계집년 하나 건사 못하는 위인이 계집보고 욕만 하고, 한게 무어야? 그래 은가락지 은비녀나 한 번 사주어 보았어? 내가 임자 하자고 하는 대로 하지 않은 것은 없지?"

"이년아! 은가락지 은비녀가 그렇게 갖고 싶으냐? 이 더러운 년아."

"무엇이 더러워? 너는 얼마나 정한 놈이야!"

계집의 입 속에서는 놈 소리가 나오기 시작한다.

"이년 보게! 누구더러 놈이래."

하고, 손길이 계집의 낭자를 후려 잡더니 그대로 집어들고 두어 번 주먹으로 등줄기를 후리었다.

"이 주릿대를 안길 년!"

발길이 엉덩이를 두어 번 지르니까 계집은 그대로 거꾸러졌다가 다시 일어났다. 풀어 헤뜨린 머리가 치렁치렁 끌리고, 씰룩한 눈에는 독기가 섞이었다.

"왜 사람을 치니? 이놈! 죽여라 죽여. 어디 죽여보여라. 이놈 나 죽고 너죽자."

하고, 달려드는 계집을 후리쳐서 거꾸러뜨리고서,

"이년이 죽으려고 기를 쓰나!"

방원이가 계집을 치는 것은 그것이 주먹을 가지고 하는 일종의 농담이다. 그는 주먹이나 발길이 계집의 몸에 닿을 때, 거기에 얻어맞는 계집의 살이 아픈 것보다 더 찌르르하게 가슴 한복판을 찌르는 아픔을 방원은 깨닫는 것이다. 홧김에 계집을 치는 것이 실상은 자기를 이빨로 물어뜯는 것이나 다름이 없는 것이다. 때리는 그에게는 몹시 애처로움이 있고, 불쌍함이 있는 것이다. 그러나, 자기의 화풀이를 받아주는 사람은 아직까지도 계집밖에는 없었다. 제일 만만하다는 것보다도 가장 마음 놓고 화풀이를 할 수 있음이다. 싸움한 뒤 하루가 못 되어 두 사람이 베개를 나란히 하고 서로 꼭 끼고 잘 때에는 그렇게 고맙고, 그렇게 감격이 일어나는 위안이 또다시 없음이다. 계집을 치고 화풀이를 하고 난 뒤에 다시 가슴을 에는 듯한 후회가 더 뜨거운 포옹으로 위로를 받을 때에는 두 사람 아니라 방원에게는 그만큼 힘있고 뜨거운 믿음이 또다시 없는 까닭이다.

계집은 일부로 소리를 높여 꺼이꺼이 운다. 온 마을 사람이 거의 귀를 기울였으나,

"응, 또 사랑 싸움을 하는군!"

하고, 도리어 그 싸움을 부러워하였다. 옆집 젊은것이 와서 싱글싱글 웃으면서 들여다보며,

"인제 그만두라."

하며, 말리는 시늉을 한다. 도엔 아이들만 마당 앞에 죽 늘어서서 눈들이 뚱그레서 구경을 한다.

3

그날 저녁에 방원이는 술이 얼근하여 돌아왔다. 아까 계집을 차던 마음은 어느덧 풀어지고, 흥분된 마음에 그는 계집의 품이 몹시도 그리워져서 자기 아내에게 사과를 할 마음까지 생기었다. 본시 사람이 좋고 마음이 약하니 다정한 그는 무식하게 자라난 까닭에 무지한 짓을 하기는 하나, 그것은 결코 그의 성격을 말하는 무지함이 아니다.

그는 비척거리면서 집으로 향하는 길에 거슴츠레하게 풀린 눈을 스르르 내리감고 혼잣소리로,

"빌어먹을 놈! 나가라면 나가지 무서운가? 제 집 아니면 살 곳이 없는

줄아는 게로군! 흥, 되지 않게 다 무엇이냐? 돈만 있으면 제일이냐? 이 놈, 네가 그러다가는 이 주먹 맛을 언제든지 볼라. 그대로 곱게 돼질 줄 아니?"

하고 개천 하나를 건너뛴 후에,

"돈! 돈이 무엇이냐?"

한참 생각하다가,

"에후."

한숨을 쉬고 나서,

"돈이 사람을 죽이는 구나! 돈! 돈! 흥, 사람 나고 돈 났지, 돈 나고 사람 났니?"

또 징검다리를 비척비척하고 건넌 뒤에,

"고 배라먹을 년이 왜 고렇게 포달을 부려서 장부의 마음은 긁어놓아!"

그의 목소리에는 말할 수 없이 다정한 맛이 있었다. 그는 자기 계집을 생각하면 모든 불평이 스러지는 듯이, 숙였던 고개를 쳐들어 하늘을 보면서,

"허어, 저도 이 고생이지."

하고, 다시 고개를 숙인 후,

"내가 너무 해. 너무 그럴 게 아닌데."

그는 자기 집에 와서 문고리를 붙잡고 흔들면서,

"얘! 자니! 자?"

그러나, 대답은 없고 캄캄하다

"이년이 어디를 갔어!"

그는 문짝을 깨어지라 하고 닫은 후에, 다시 길거리로 나와 그 옆집으

로 가서,

"여보 아주머니! 우리 집 색시 어디갔는지 보았소!"

밥들을 먹는 옆집 내외는,

"어디서 또 취했소 그려! 애 어머니가 아까 머리 단장을 하더니 저 방아께로 갑디다."

"방아께로?"

"네."

"빌어먹을 년! 방아께로는 무얼 먹으러 갔누!"

다시 혼자 방아를 향하여 가면서 혼자 중얼거렸다.

그는 방앗간을 막 뒤로 돌아서자, 신치규와 자기 아내가 방앗간에서 나오는 것을 보았다.

"아!"

그는 너무 뜻밖의 일이므로, 아무 말도 하지 못하고 그대로 한참이나 멀거니 서서 보기만 하였다. 그의 눈에서는 쌍심지가 거꾸로 섰다. 열이 올라와서 마치 주홍을 칠한 듯이 그의 눈은 붉어지고, 번개 같은 광채가 번뜩거리었다. 그는 한참이나 사지를 떨었다. 두 이가 서로 맞춰서 달그락달그락 하여졌다. 그의 주먹은 부서질 것같이 단단히 쥐어졌다. 계집과 신치규는 방원이 와 선 것을보고서 처음에는 조금 간담이 서늘하여졌으나다시 태연하게 내려앉혔다. 일이 이렇게 되었으매 할 대로 하라는 뜻이다. 방원은 달려들어서 계집의 팔목을 잡았다. 그리고, 이를 악물고 부르르 떨었다.

"나는 네가 이럴 줄은 몰랐다."

계집은

"무얼 이럴 줄을 몰라?"

하며, 파란 눈을 흘겨보더니,

"나중에는 별꼴을 다 보겠네. 으레히 그럴 줄을 인제 알았나? 놔요!
왜 남의팔을 잡고 요 모양야. 오늘부터는 나를 당신이 그리 함부로 하지
는 못해요! 더러운 녀석 같으니! 계집이 싫다고 그러면 국으로 물러갈
일이지, 이게 무슨 사내답지 못한 일야! 놔요!"

팔을 뿌리쳤으나 분노가 전신에 가득찬 그는 그렇게 쉽게 손을 놓지
않았다.

"얘! 네가 이것이 정말이냐?"

"정말이 아니구, 비싼 밥 먹고 거짓말할까?"

"네가 참으로 환장을 하였구나!"

"아니 누구더러 환장을 했대. 온 기가 막혀 죽겠지! 놔요! 놔 왜 추근
추근 하게 이 모양야? 놔."

하고서, 힘껏 뿌리치는 바람에 계집의 손이 쑥 빠지었다. 계집은 손목
을 주무르면서 암상맞게 돌아섰다. 이때까지 이 꼴을 멀찍이 서서 보고
있던 신치규는 두어 발자국 나서더니, 기침 한번을 서투르게 하고서,

"얘! 네가 술이 취했으면 일찍 들어가 자든지 할 것이지 웬 짓이냐?
네 눈깔에는 아무것도 보이는 것이 없단 말이냐? 너희 연놈이 싸우는
것은 너희 연놈이 어디든지 가서 할일이지, 여기 누가 있는지 없는지
눈깔에 보이는 것이 없어?"

"엣, 괘씸한 놈!"

눈깔을 부라리었다. 방원은 한참이나 쳐다보고서 말이 없었다. 생각
대로하면 한 주먹에 때려 누일 것이지마는, 그래도 그의 머리 속에는
아까까지의 상전이라는 관념이 남아 있었다. 번개불같이 그 관념이 그
의 입과 팔을 얽어놓았다. 어려서부터 오늘날까지 남을 섬겨보기만 한

그의 마음은 상전이라면 모두 두려워하는 성질을 깊이깊이 뿌리박아놓았다. 그러나 오늘부터는 신치규가 자기의 상전이 아니요, 자기가 신치규의 종도 아니다. 다만 똑 같은 사람으로 마주 섰을 뿐이다. 아니다. 지금부터는 신치규도 방원의 원수였다. 그의 간을 씹어먹어도 오히려 나머지 한이 있는 원수다.

신치규는 똑바로 쳐다보는 방원을 마주쳐다보며,

"똑바루 보면 어쩔 터이냐? 온 세상이 망하려니까 별 해괴한 일이다 많거든. 어째 이놈아!"

"이놈아?"

방원은 한 걸음 들어섰다. 나무같이 힘센 다리가 성큼하고 나설 때 신치규는 머리 끝이 으쓱하였다. 쇠몽둥이 같은 두 주먹이 쑥 앞으로 닥칠 때 그의 가슴은 덜컥 내려앉았다.

"네 입에서 이놈이라는 소리가 나오지? 이 사지를 찢어발겨도 오히려 시원치 못할 놈아! 네가 내 계집을 뺏으려고 오늘 날더러 나가라고 그랬지?"

"어허, 이거 그놈이 눈깔이 삐었군. 애, 나는 먼저 들어가겠다. 너는 네 서방하고 나중 들어오너라!"

신치규는 형세가 위험하니까 슬금슬금 꽁무니를 빼려고 돌아서서 들어가려 하니까 방원은 돌아서 가는 신치규의 멱살을 잔뜩 쥐어 한 팔로 바싹 치켜들고,

"이놈 어디를 가? 네가 이때까지 맛을 몰랐구나?"

하며, 한번 집어쳐 땅바닥에다 태질을 한 뒤에 그대로 타고 앉아서 목줄띠를 누르니까, 마치 뱀이 개구리 잡아먹을 적 모양으로 깩깩 소리가 나며 말 한 마디도 못한다.

"이놈 너 죽고 나 죽으면 고만 아니냐?"

하고, 방원은 주먹으로 사정없이 닥치는 대로 들이댄다. 나중에는 주먹이 부족하여 옆에 있는 모루 돌멩이를 집어서 죽어라 하고 내리친다. 그의 팔, 그의 몸에는 끓어오르는 분노가 극도에 달하자 사람의 가슴 속에 본능적으로 숨어 있는 잔인성이 조금도 남지 않고 그대로 나타났다. 그의 눈은 마치 펄떡펄떡 뛰는 미끼를 가로차고 앉은 승냥이나 이리와 같이 뜨거운 피를 보고야 만족한다는 듯이 무섭게 번쩍거렸다. 그에게는 초자연의 무서운 힘이 그의 팔과 다리에 올라왔다. 이 꼴을 보는 계집은 무서웠다. 끔찍끔찍한 일이 목전에 생길 것이다. 그의 맥이 풀린 다리는 마음대로 놓여지지 아니하였다.

"아! 사람 살류! 사람 살류!"

적절한 밤중에 쓸쓸한 마을에는 처참한 여자 목소리가 으스스하게 울리었다.

이 소리를 들은 방원은 더욱 힘을 주어서 눈을 딱 감고 죽어라 내리짓찧었다. 뼈가 돌에 맞는 소리가 살이 울크러지는 소리와 함께 퍽퍽 하였다. 피 묻은 돌이 여기저기 흩어지고 갈갈이 찢긴 옷에는 살점이 묻었다.

동네 편 쪽에서 수군수군 하더니 구두 소리가 나며 칼 소리가 덜거덕거리었다. 방원의 머리에는 번갯불같이 무엇이 보이었다. 그는 손에 주먹을 쥔 채 잠깐 정신을 차려 그쪽으로 귀를 기울였다.

"순검……."

그는 신치규의 배를 타고 앉아서 순검의 구두 소리를 듣자 비로소 자기가 무슨 짓을 하였는지 깨달았다. 그는 미친 사람처럼 일어났다. 그리고는, 옆에 서서 벌벌 떠는 계집에게로 갔다.

"얘! 가자! 도망가자! 너하고 나하고 같이 가자! 자! 어서, 어서!"

계집은 자기에게 또 무슨 일이 있을까 하여 겁을 내어 도망을 하려 한다. 방원은 계집을 따라가며,

"얘! 얘! 네가 이렇게도 나를 몰라주니? 내가 너를 어떻게 생각하는지 알지를 못하니? 자! 어서, 도망가자. 어서 어서, 뒤에서 순검이 쫓아온다."

계집은 그대로 서서 종종걸음을 치며,

"싫소! 임자나 가구려. 나는 싫어요, 싫어."

"가자! 응! 가"

그는 미친 사람처럼 계집의 팔을 붙잡고 끌었다. 그때 누구인지 그의 두 팔을 마치 형틀에 매다는 것 같이 꽉 뒤로 끼어안는 사람이 있었다.

"이놈아! 어디를 가?"

그는 뒤를 돌아보지 않고도 그가 누구인지 알았다. 그는 온 전신에 맥이 풀리어 그대로 뒤로 자빠지려 할 때 어느덧 널판 같은 주먹이 그의 뺨을 사정없이 갈겼다.

"정신차려."

"네."

그는 무의식하게 고개가 숙여지고, 말소리가 공손하여졌다. 땅바닥에서는 신치규가 꿈지럭거리며 이리저리 뒹군다. 청승스러운 비명이 들린다. 방원은 포승지인 채, 계집은 그대로 주재소로 끌려가고 신치규는 머슴들이 업어들였다.

4

석 달이 지났다. 상해죄로 감옥에서 복역을 하던 방원은 만기가 되어

출옥하였다. 그러나 신치규는 아무 일 없이 자기 집에서 치료하고, 방원의 계집을 데려다 산다. 신치규는 온 몸이 나은 뒤로 홀로 생각하였다.

"죽는 줄만 알았더니 그래도 이렇게 살아 있으니!"

하고, 얼굴에 흠이 진 곳을 만져보며,

"오히려 그놈이 그렇게 한 것이 나에게는 다행이지. 얼굴이 아프기는 좀 하였으나! 허어."

"어떻게 그놈을 떼어버릴까 하고 그렇지 않아도 걱정을 하던 차에 잘되었지 그놈 한 십 년 감옥에서 콩밥을 먹었으면 좋겠다."

방원은 감옥에서 생각하기를 나가기만 하면 연놈을 죽여버리고 제가 죽든지 요절을 내리라 하였다. 집에서 내어쫓기고 계집까지 빼앗기고, 그것을 생각하면 이가 갈리고 치가 떨리었다. 그것이 모두 자기가 돈 없는 탓인 것을 생각하매 더욱 분한 생각이 났다.

"에 더러운 년."

그는 홍바지에 쇠사슬을 차고 일을 할 때에도 가끔 침을 땅에다 뱉으면서 혼자 중얼거리었다------사람이 이러고야 살아서 무엇하나. 멀쩡한 놈이 계집 빼앗기고 생으로 콩밥까지 먹으니-----그가 감옥에서 나올 때에는 감옥소를 다시 한 번 돌아보고 내가 여기서 마지막으로 목숨을 잃어버리든지, 그렇지 않으면 내가 내 손으로 내 목을 찔러 죽든지, 무슨 요절이 날 것을 생각하고, 다시 온 몸에 힘을 주고 쓸쓸한 웃음을 웃었다.

그는 이백 리나 되는 길을 걸어서 계집이 사는 촌에를 왔다. 그러나, 아무도 그를 아는 체하는 사람이 없었다, 전에 친하게 지내던 사람들도 그를 보고 피해 갔다. 마치 문둥병자나 마찬가지 대우를 하였다. 감옥에서 나온 뒤로부터는 더욱이 세상이 차디차졌다. 자기가 상상하던 것보다도 더 무정하여졌다. 그는 하는 수 없이 밤이 될 때까지 그 근처 산속으로 돌아다녔다. 그래서, 깊은 밤에 촌으로 내려왔다. 그는 그 방앗간을 다시 지나갔다. 석달 전 생각이 났다. 자기가 여기서 잡혀갔다는 것을 생각할 때 더욱 억울하고 분한 생각이 치밀어 올라왔다. 그는 한참이나 거기 서서 그때 일을 생각하고 몸서리를 친 후에 다시 그 전 집을 찾아갔다.

날이 몹시 추워지고 눈이 쌓였다. 옷은 입은 것이 가을에 입고 감옥에 들어갔던 그것이므로 살이 에이듯 할 것이로되, 그는 분한 생각과 흥분된 마음에 그것을 몰랐다.

"연놈을 모두 처치를 해버려?"

혼자 속으로 궁리를 하다가,

"그렇지, 그까짓 것들을 살려두어 쓸데없는 인생들이야."

하면서, 옆구리에 지른 기름한 단도를 다시 만져보았다. 그는 감격스런 마음으로 그것을 쓰다듬었다. 그는 신치규의 집 울을 넘어 들어갔다. 그의 발은 전에 다닐 적같이 익숙하였다. 그는 사랑을 엿보고, 다시 뒤로 돌아서 건넌방 창 밑에 와섰었다. 귀를 기울였으나 아무 말도 들리지 않았다. 그는 손에 칼을 빼들었다. 그리고는, 일부러 뒤 창문을 달각달각 흔들었다.

"그 뉘?"

하고 계집의 머리가 쑥 나오며 문이 열리었다. 그는 얼른 비켜섰다. 문은 다시 닫혀지고 계집은 들어갔다. 방원의 마음은 이상하게도 동요가 되었다. 예쁜 계집의 목소리가 오래간만에 귀를 들릴 때, 마치 자기가 감옥에서 꿈을 꿀 적 모양으로 요염하고도 황홀하게 그의 마음을 꾀는 것같았다. 그는 꿈 속에서 다시 만난 것 같고 오래간만에 그를 만나보매 모든 결심은 얼음같이 녹는 듯하였다. 그래도, 계집이 설마 나를 영영 잊어버리랴 하고 옛날의 정리를 생각할 때, 그것이 거짓말이 아니고 무엇이랴는 생각이 났다. 아무리 자기를 감옥에까지 가게 하였다 하더라도, 그는 감히 칼을 들어 죽이려는 용기가 단번에 나지 않아서 주저하기를 시작하였다.

"아니다. 다시 한번만 물어보자!"

그는 들었던 칼을 다시 집고 생각하였다.

"거짓말이다. 거짓말이다! 그럴 리가 없다."

그는 반신 반의하였다.

"그렇다. 한 번만 다시 물어보고, 죽이든 살리든 하자!"

그는 다시 문을 달각달각 하였다. 계집은 이 번에 다시 문을 열고 사면을 둘러보더니 헌 짚신짝을 신고 나왔다.

"뉘요?"

그는 방원이 서 있는 집 모퉁이를 돌아서려 할 제.

"내다."

하고 입을 틀어막고 칼을 가슴에 대었다.

"떠들면 죽어!"

방원은 계집의 입을 수건으로 틀어막고 결박을 한 후 들쳐업고서 번개같이 달음질하였다. 그는 어느결에 계집을 업어다가 물레방아 앞에 내려놓은 후 결박을 풀었다. 그리고 한숨을 쉬었다.

"나를 모르겠니?"

캄캄한 그믐밤에 얼굴을 바짝 계집의 코앞에 들이대었다. 계집은 얼굴을 자세히 보더니,

"아!"

소리를 지르더니 뒤로 물러섰다.

"조금도 놀랄 것이 없다. 오늘 네가 내 말을 들으면 살려줄 것이요, 그렇지 않으면 이것이야!"

하고 시퍼런 칼을 대들었다. 계집은 다시 태연하게

"말요? 임자의 말을 들으려 것 같으면 벌써 들었지요. 이때까지 있겠소? 임자도 나의 마음을 알 거요. 임자와 나와 이 년 전에 이곳으로 도망해 올 적에도 전 남편이 나를 죽이겠다고 허리를 찔러 그흠이 있는 것을 날마다 밤에 당신이 어루만지었지요? 내가 그까짓 칼쯤을 무서워서 나하고 싶은 것을 못한단 말이요? 형, 이게 무슨 비겁한 짓이요, 사내자식이. 자! 찌르려거든 찔러보아요. 자, 자."

계집은 두 가슴을 벌리고 대들었다. 방원은 너무 계집의 태도가 대담하므로, 들었던 칼이 도리어 뒤로 움찔할 만큼 기가 막혔다. 그는 무의식하게,

"정말이냐?"

하고 한 걸음 더 가까이 나섰다.

"정말이 아니고, 내가 비록 여자지마는, 당신같이 겁쟁이는 아니라오! 이것이 도무지 무엇이오?"

계집은 그래도 두려웠던지 방원의 손에 든 칼을 뿌리쳐 땅에 떨어뜨리었다. 이 칼이 땅에 떨어지자 방원은 이때까지 용사와 같이 보이던 계집이 몹시 비겁스럽고 더러워 보이어 다시 칼을 집어들고 덤비었다.

"에잇! 간사한 년! 어쩔 터이냐? 나하고 당장 멀리 가지 않을 터이냐? 자아, 가자!"

그는 눈물이 어린 눈으로 타일러보기도 하고, 간청도 하여 보았다.

"자아, 어서 옛날과 같이 나하고 멀리멀리 도망을 가자! 나는 참으로

나의 칼로 너를 죽일 수는 없다!"

계집의 눈에는 독이 올라왔다. 광채가 어두운 밤에 번개같이 번쩍이묘,

"싫어요, 나는 죽으면 죽었지 가기는 싫어요. 이제 나는 고만 그렇게 구차하고 천한 생활을 다시 하기는 싫어요. 고만 물렀어요."

"너의 입으로 정말 그런 말이 나오느냐? 너는 나를 우리 고향에 다시 돌아가지도 못하게 만들어놓고 나의 모든 것을 다 잃어버리게 한 후에 또 나중에는 세상에서 지옥이라고 하는 감옥소에까지 가게 하였지! 그러고도 나의 맨 마지막 원을 들어주지 않을 터이냐?"

"나는 언제든지 당신 손에 죽을 것까지도 알고 있소. 자! 오늘 죽으나 내일 죽으나 죽기는 일반, 이렇게 된 이상 나를 죽이시오.

"정말이냐? 정말이야?"

"정말요."

계집은 결심한 뜻을 나타내었다. 방원의 손은 떨리었다. 그리고, 그는 눈을 꽉 감고,

"에, 여우 같은 년!"

하고, 칼끝을 계집의 옆구리를 향하고 힘껏 내밀었다. 계집은 이를 아악물고,

"사람 죽인다!"

소리 한 번에 그 자리에 거꾸러졌다. 칼자루를 든 손이 피가 몰리는 바람에 우루루 떨리더니 피가 새어나왔다. 방원은 그 칼을 빼어들더니 계집 위에 거꾸러져서 가슴을 찌르고 절명하여 버렸다.

출전 <조선문단>(1925)

작품의 이해와 감상

1. 이 작품에서 신치규 , 이방원, 방원의 아내를 중심으로 작중인물의 운명과 가난한 현실의 문제 등을 토론해보자 .

2 이 작품의 주제와 관련하여 '물레방아'가 상징하는 의미에 대하여 토론해보자.

6. 늘봄 전영택(田榮澤 : 1894 ~ 1968)

작가 소개

① 1894년 : 늘봄 전영택은 평양에서 당시 선각자인 전석영의 4남 4녀 중 3남으로 태어났다.

② 1910년(17세) : 부친이 세운 보동(保東)학교를 나와 평양 대성학교를 수료했다.

③ 1911년(18세) : 서울 관립의학교에 입학했다.

④ 1912년(19세) : 의학공부를 그만두고 일본으로 건너가 동경 청산학원 문학부 및 신학부를 졸업했다.

⑤ 1919년(26세) : 이전부터 문학에 대한 관심으로 습작을 하던 늘봄은 당시 동경에서 명치학원에 있던 김동인, 주요한과 더불어 『창조』동인이 되었다. 3월 말에 귀국하여 결혼하였다.

⑥ 1930년(37세) : 미국 캘리포니아 주 태평양 신학교 재학 중 홍사단에 가입했던 그는 '수양동우회사건' 때 징병으로 체포를 모면했다.

⑦1941년(48세) : 일제말기 친일에 항거하여 절필하고 일본을 비난하
　　　　　는 연설때문에 평양에 수감되기도 했다.
⑧1968년(75세) : 교통사고로 사망했다.

작품 세계

　전영택의 문학은 김동인의 자연주의와 이광수의 인도주의의 중간적
경향을 띠고 있다고 한다. 전영택은 평범하고 소박하며 어둠 속의 약자
들을 주인공으로 선택했다. 전영택의 작품 세계는 대상의 대한 객관적
해석이 아니라 휴머니즘에 관점에서 보편적인 인간애를 바탕으로 대상
을 투시하고 있다. 전영택은 특히 톨스토이의 비폭력 박애주의와 기독
교 사상에 영향을 받고 인간애에 바탕을 두고 당시대의 인물들의 삶을
조명하고자 하였다. 그러므로 그의 작품에서는 착한 사람들의 비애에
대한 애정어린 동정이 투사되어 있다. 반면 악인이나 위선자들에 대해
서는 작가의 비판적 어조(tone)가 표현된다.
　작품『화수분』에서는 1인칭 관찰자 시점을 통해 화수분 부부가 생활
의 고통 속에서 아름다운 인간적 사랑을 성취하는 과정을 작가의 애정
이 투사된 담담한 서술을 통해 제시하고 있다.『크리스마스 전야의 풍
경』에는 사회에서 소외된 자들 에 대한 작가의 동정어린 감성이 투시되
고 종교인들의 위선을 비판하는 작가의 비판적 관점이 나타나고 있다.
전영택의 작품세계는 톨스토이 문학처럼 인간의 도덕적 윤리의식과
보편적 사랑를 환기시키는 휴머니즘 문학으로서 가치가 돋보인다.

＜화수분＞

첫겨울 추운 밤은 고요히 깊어 간다. 뒤뜰 창 바깥에 지나가는 사람 소리도 끊어지고, 이따금 찬바람 부는 소리가 '휙 우수수'하고 바깥의 춥고 쓸쓸한 것을 알리면서 사람을 위협하는 듯하다.

"만주노 호야 호오야."

길게 그리고도 힘없이 외치는 소리가 보지 않아도 추워서 수그리고 웅크리고 가는 듯한 사람이 몹시 처량하고 가엾어 보인다. 어린애들은 모두 잠들고, 학교 다니는 아이들은 눈에 졸음이 잔뜩 몰려서 입으로만 소리를 내어 글을 읽는다. 나는 누워서 손만 내놓아 신문을 들고 소설을 보고, 아내는 이불을 들쓰고 어린애 저고리를 짓고 있다.

"누가 우나?"

일하던 아내가 말하였다.

"아니야요. 그 절름발이가 지나가며 무슨 소리를 지껄이면서 그러나 보아요."

공부하던 애가 말한다. 우리들은 잠시 그 소리를 들으려고 귀를 기울였으나, 다시 각각 그 하던 일을 계속하여 다시 주의도 하지 아니하였다. 그러다가 우리는 모두 잠이 들어 버렸다.

나는 자다가 꿈결같이 '으으으 으으으'하는 소리를 들었다. 잠깐 잠이 반쯤 깨었으나 다시 잠들었다. 잠이 들려고 하다가 또 깜짝 놀라서 깨었다. 그리고 아내에게 물었다.

"저게 누가 울지 않소?"

“아범이구려.”

나는 벌떡 일어나서 귀를 기울였다. 과연 아범의 우는 소리다. 행랑에 있는 아범의 우는 소리다.

‘어찌하여 우는가. 사나이가 어찌하여 우는가. 자기 시골서 무슨 슬픈 상사의 기별을 받았나? 무슨 원통한 일을 당하였나?’ 나는 생각하였다. ‘어이어이’ 느껴 우는 소리를 들으면서 아내에게 물었다.

“아범이 왜 울까?”

“글쎄요, 왜 울까요?”

아범은 금년 구월에 그 아내와 어린 계집애 둘을 데리고 우리집 행랑방에 들었다. 나이는 한 서른 살쯤 먹어 보이고, 머리에 상투가 그냥 달라붙어 있고, 키가 늘씬하고 얼굴은 기름하고 누르퉁퉁하고, 눈은 좀 큰데, 사람이 퍽 순하고 착해 보였다. 주인을 보면 어느 때든지 그 방에서 고달픈 몸으로 밥을 먹다가도 얼른 일어나서 허리를 굽혀 절한다. 나는 그것이 너무 미안해서 그러지 말라고 이르려고 하면서 늘 그냥 지내었다. 그 아내는 키가 자그마하고 몸이 똥똥하고 이마가 좁고, 항상 입을 다물고 아무 말이 없다. 적은 돈은 회계할 줄 알아도 ‘원’이나 ‘백 냥’ 넘은 돈은 회계할 줄을 모른다.

그리고 어멈은 날짜 회계할 줄을 모른다. 그러기에 저 낳은 아이들의 생일을 아범이 그 전날 내 일이 생일이라고 일러주지 않으면 모른다고 한다. 그러나 결코 속일 줄을 모르고, 무슨 일이든지 하라는 대로 하기는 하나, 얼른 대답을 시원히 하지 않고, 꾸물꾸물 오래 하는 것이 흠이다. 그래도, 아침에는 일찍이 일어나서 기름을 발라 머리를 곱게 빗고, 빨간 댕기를 드려 쪽을 찌고 나온다.

그들에게는 지금 입고 있는 단벌 홑옷과 조그만 냄비 하나밖에 아무 것도 없다. 세간도 없고, 물론 입을 옷도 없고, 덮을 이부자리도 없고, 밥 담아 먹을 그릇도 없고, 밥 먹을 숟가락 한 개가 없다. 있는 것이라고 는 보기 싫게 생긴 딸 둘과 작은 애를 업은 홑누더기와 띠, 아범이 벌이 하는 지게가 하나, 이것뿐이다. 밥은 우선 주인집에서 내어간 사발과 숟가락으로 먹고, 물은 역시 주인집 어린애가 먹고 비운 가루 우유통을 갖다가 떠먹는다.

아홉 살 먹은 큰 계집애는 몸이 좀 뚱뚱하고 얼굴은 컴컴한데, 이마는 어미를 닮아서 좁고, 볼은 아비를 닮아서 축 늘어졌다. 그리고 이르는 말은 하나도 듣는 법이 없다. 그 어미가 아무리 욕하고 때리고 하여도 볼만 부어서 까딱없다. 도리어 어미를 욕한다. 꼭 서서 어미보고 눈을 부르대고, "조 깍쟁이가 왜 야단이야"하고 욕을 한다. 먹을 것이 생기면 자식 먹이고 남편 대접하고, 자기는 늘 굶는 어미가 헛입 노릇이라도 하는 것을 보게 되면, "저 망할 계집년이 무얼 혼자만 처먹어?" 하고 욕을 한다. 다만 자기 어미나 아비의 말을 아니 들을 뿐 아니라, 주인 마누라나 주인 나리가 무슨 말을 일러도 아니 듣는다. 먼 데 있는 것을 가까이 오게 하려면 손수 붙들어 와야 하고, 가까이 있는 것을 비키게 하려면 붙들어다 치워야 한다.

다음에 작은 계집애는 돌은 지나 세 살 먹은 것인데, 눈이 커다랗고 입술이 삐죽 나오고, 걸음은 겨우 뻬뚤뻬뚤 걷는다. 그러나, 여태 말도 도무지 못 하고, 새벽부터 하루 종일 붙들어 매여 끌려가는 돼지 소리 같은 크고 흉한 소리를 내어, 울어서 해를 보낸다.

울지 않는 때라고는 먹는 때와 자는 때뿐이다. 그러나 먹기는 썩 잘 먹는다. 먹을 것이라고 눈앞에 보이기만 하면 죄다 빼앗아다가 두 다리

사이에 넣고, 다리와 팔로 웅크리고 '옹옹' 소리를 내면서 혼자서 먹는다. 그렇게 심술 사나운 큰 계집애도 다 빼앗기고 졸연해서 얻어먹지 못한다. 이렇기 때문에 작은 것은 늘 어미 뒷잔등에 업혀 있다. 만일 내려놓아 버려두면 그냥 땅바닥에 벗은 몸으로 두 다리를 턱 내뻗치고, 묶여 가는 돼지 소리로 동리가 요란하도록 냅다 지른다.

그래서 어멈은 밤낮 작은 것을 업고 큰 것과 싸움을 하면서 얻어먹지도 못하고, 물 긷고 걸레질치고 빨래하고 서서 돌아간다. 작은 것에게는 젖을 먹이고, 큰 것의 욕을 먹고 성화 받고, 사나이에게 '웅얼웅얼'하는 잔말을 듣는다. 밥 지을 쌀도 없는데, 밥 안 짓는다고 욕을 한다. 그리고 아범은 밝기도 전에 지게를 지고 나갔다가 밤이 어두워서 들어오지만, 하루에 두 끼니를 못 끓여 먹고, 대개는 벌이가 없어서 새벽에 나갔다가 오정 때나 되면 일찍 들어온다. 들어와서는 흔히 잔다. 이런 때는 온종일 그 이튿날 아침까지 굶는다. 그때마다 말없던 어멈의 '옹알옹알' 바가지 긁는 소리가 들린다. 어멈이 그 애들 때문에 그렇게 애쓰고, 그들의 살림이 그렇게 어려운 것을 보고, 나는 이따금 이렇게 생각하였다.

아내에게 말도 한다.

"저 애들을 누구를 주기나 하지."

위에 말한 것은 아범과 그 식구의 대강한 정형이다. 그러나 밤중에 그렇게 섧게 운 까닭은 무엇인가?

그 이튿날 아침이다. 마침 일요일이기 때문에 내게는 한가한 틈이 있어서 어멈에게서 그 내용을 들을 기회가 있었다.

"지난밤에 아범이 왜 그렇게 울었나?"

하는 아내의 말에 어멈의 대답은 대강 이러하였다.

"어멈이 늘 쌀을 팔러 댕겨서 저 뒤의 쌀가게 마누라를 알지요. 그 마누라가 퍽 고맙게 굴어서 이따금 앉아서 이야기도 했어요. 때때로 '그 애들을 데리고 어떻게나 지내나'하고 물어요. 그럴 적마다 '죽지 못해 살지요'하고 아무 말도 아니 했어요. 그러는데 한번은 가니까, 큰 애를 누구를 주면 어떠냐고 그래요. 그래서, '제가 데리고 있다가 먹이면 먹이고, 죽이면 죽이고 하지, 제 새끼를 어떻게 남을 줍니까? 그리고, 워낙 못생기고 아무 철이 없어서 에미 애비나 기르다가 죽이더라도 남은 못 주어요. 남이 가져갈 게 못 됩니다. 그것을 데려가시는 댁에서는 길러 무엇 합니까. 돼지면 작아나 먹지요' 하고 저는 줄 생각도 아니 했어요. 그래도 그 마누라는 '어린 것이 다 그렇지 어떤가. 어서 좋은 댁에서 달라니 보내게. 잘 길러 시집 보내주신다네. 그리고 젊은이들이 벌어먹고 살아야지. 애들을 다 데리고 있다가 인제 차차 날도 추워 오는데 모두 한꺼번에 굶어죽지 말고……' 하시면서 여러 말로 대구 권하셔요. 말을 들으니까 그랬으면 좋을 듯도 하기에 '그럼 저희 아범보고 말을 해보지요' 했지요. 그랬더니 그 마누라가 부쩍 달라붙어서, '내일 그 댁 마누라가 우리집으로 오실 터이니 그 애를 데리고 오게' 하셔요. 해서 저는 '글쎄요'하고 돌아왔지요. 돌아와서 그날 밤에, 그젯밤이올시다. 그젯밤 아니라 어제 아침이 올시다. 요새 저는 정신이 하나 없어요. 그젯밤에는 들어와서 반찬 없다고 밥도 안 먹고, 곤해서 쓰러져 자길래 그런 말을 못하고, 어제 아침에야 그 이야기를 했지요. 그랬더니 '내가 아나, 임자 마음대로 하게 그려.' 그러고 일어서 지게를 지고 나가 버리겠지요. 그러고는 저 혼자서 온종일 이리저리 생각을 해보았지요. 아무려나, 제 자식을 남을 주고 싶지는 않지만 어떻게 합니까. 아씨 아시듯이 이제 새끼 또 하나 생깁니다그려. 지금도 어려운데 어떻게 둘씩 셋씩

기릅니다. 그래서 차마 발길이 안 나가는 것을 오정 때가 되어서 데리고 갔지요. 짐승 같은 계집애는 아무런 것도 모르고 따라나서요. 앞서 가는 것을 뒤로 보면서 생각을 하니까 어째 마음이 안되었어요."

하면서 어멈은 울먹울먹한다. 눈물이 핑 돈다.

"그런 것을 데리고 갔더니 참말 알지 못하는 마누라님이 앉아 계셔요. 그 마누라가 이걸 호떡이라 군밤이라 감이라 먹을 것을 사다주면서 '나하고 우리집에 가 살자. 이쁜 옷도 해주고 맛난 밥도 먹고 좋지, 나하고 가자, 가자.' 하시니까 이것은 먹기에 미쳐서 대답도 아니하고 앉았어요."

이 말을 들을 때에 나는 그 계집애가 우리 마루 끝에 서서 우리집 어린애가 감 먹는 것을 바라보다가, 내버린 감꼭지를 나를 쳐다보면서 집어 가지고 나가던 것이 생각났다.

어멈은 다시 이야기를 이어,

"그래 제가 어쩌나 보려고 '그럼, 너 저 마님 따라가 살련? 나는 집에 갈 터이니' 했더니 저는 본체만체하고 머리를 끄덕끄덕해요. 그래도 미심해서 '정말 갈 테야. 가서 울지 않을 테야?' 하니까, 저를 한번 흘끗 노려보더니 '그래, 걱정 말고 가요' 하겠지요. 하도 어이가 없어서 내버리고 집으로 돌아왔지요. 그러고, 돌아와서 저 혼자 가만히 생각하니까, 아범이 또 무어라고 할는지 몰라 어째 안 되었어요. 그래, 바삐 아범이 일하러 댕기는 데를 찾아갔지요. 한번 보기나 하랄려고, 염천교 다리로 남대문 통으로 아무리 찾아야 있어야지요. 몇 시간을 애써 찾아 댕기다 가 할 수 없이 그 댁으로 도루 갔지요. 갔더니 계집애도 그 마누라도 벌써 떠나가 버렸겠지요. 그 댁 마님 말씀이 저녁 여섯시 차에 광핸지, 광한지로 떠났다고 하셔요. 가시면서 보고 싶으면 설 때에나 와보고

와 살려면 농사짓고 살라고 하셨대요. 그래 하는 수가 있습니까. 그냥
돌아왔지요. 와서 아무 생각이 없어서 아범 저녁 지어 줄 생각도 아니
하고 공연히 밖에 나가서 왔다갔다 돌아 댕기다가 들어왔지요. 저는
눈물도 안 나요. 그러다가 밤에 아범이 들어왔기에 그 말을 했더니,
아무 말도 아니 하고 그렇게 통곡을 했답니다. 저녁도 안 먹고 우는
것이 가엾기에 좁쌀 한 줌 있던 것 끓이고 댁에서 주신 찬 밥, 어린
것 다 먹다 남은 것을 먹으라고 했더니 그것도 아니 먹고 돌아앉아서
그렇게 울었답니다…… 여북하면 제 자식을 꿈에도 보두 못 하던 사람
에게 주겠어요. 할 수가 없어서 그렇지요. 집에 두고 굶기는 것보다
나을까 해서 그랬지요. 아범이 본래는 저렇게는 못살지는 않았답니다.
저희 아버지 살았을 때는 벼 백 석이나 하고 삼형제가 양평 시골서
남부럽지 않게 살았답니다. 이름들도 모두 좋지요. 맏형은 '장자'요,
둘째는 '거부'요, 아범이 셋쨀데 '화수분'이랍니다. 그런 것이 제가 간
후부터 시아버님이 돌아가시고, 그리고 맏아들이 죽고 농사 밑천인 소
한 마리를 도적맞고 하더니 차차 못살게 되기 시작해서 종내 저렇게
거지가 되었답니다. 지금도 시골 큰댁엘 가면 굶지나 아니할 것을 부끄
럽다고 저러고 있지요. 사내 못생긴 건 할 수가 없어요."
　우리는 이제야 비로소 아범이 어제 울던 까닭을 알았고, 이때에 나는
비로소 아범의 이름이 '화수분'인 것을 알고 양평 사람인 줄도 알았다.

　그런 지 며칠이 지난 어느 날 아침이었다.
　화수분은 새 옷을 입고 갓을 쓰고, 길 떠날 행장을 차리고 안으로
들어온다. 그것을 보니까, 지난밤에 아내에게서 들은 말이 생각난다.
시골 있는 형 거부가 일하다가 발을 다쳐서 일을 못 하고 누워 있기

때문에, 가뜩이나 흉년인데다가 일을 못 해서 모두가 굶어죽을 지경이
니, 아범을 오라고 하니 가보아야 하겠다는 말을 듣고 나는,

"가보아야겠군."

하니까 아내는

"김장이나 해주고 가야 할 터인데."

하기에

"글쎄, 그럼 그렇게 이르지."

한 일이 있었다. 아범은 뜰에서 허리를 한번 굽히고 말한다.

"나리, 댕겨 오겠습니다. 제 형이 일하다가 도끼로 발을 찍어서 일을
못하고 누웠다니까 가보아야겠습니다. 가서 추수나 해주고는 곧 오겠
습니다. 그저 나리 댁만 믿고 갑니다."

나는 어떻게 대답했으면 좋을지 몰라서,

"잘 댕겨 오게."

하였다.

아범은 다시 한번 절을 하고,

"안녕히 계십시오."

하면서 돌아서 나갔다.

"저렇게 내버리고 가면 어떡합니까? 우리도 살기 어려운데 어떻게
불 때 주고 먹이고 입히고 할 테요? 그렇게 곧 오겠소?"

이렇게 걱정하는 아내의 말을 듣고 나는 바삐 나가서 화수분을 불러서,

"곧 댕겨 오게. 겨울을 나서는 안 되네."

하였다.

"암, 곧 댕겨 옵지요."

화수분은 뒤를 돌아보고 이렇게 대답을 하고 달아났다.

화수분은 간 지 일주일이 되고 열흘이 되고 보름이 지나도 아니 온다. 어멈은 아범이 추수해서 쌀말이나 지고 돌아오기를 밤낮 기다려도 종내 오지 아니하였다. 김장때가 다 지나고 입동이 지나고 정말 추운 겨울이 되었다. 하루 저녁은 바람이 몹시 불고, 그 이튿날 새벽에는 하얀 눈이 펑펑 내려 쌓였다.

아침에 어멈이 들어와서 화수분의 동네 이름과 번지 쓴 종잇조각을 내어 놓으면서, 어서 오지 않으면 제가 가겠다고, 편지를 써달라고 하기에 곧 써서 부쳐까지 주었다.

그 다음날부터는 며칠 동안 날이 풀려서 꽤 따뜻하였다. 그래도 화수분의 소식은 없다. 어멈은 본래 어린애가 딸려서 일을 잘 못 하는데다가 다릿병이 있어 다리를 잘 못 쓰고, 더구나 며칠 전에 손가락을 다쳐서 일을 하지 못하는 것을 퍽 미안하게 생각한다.

그리고, 추운 겨울에 혼자 살아갈 길이 막연하여, 종내 아범을 따라 시골로 가기로 결심을 한 모양이다.

"그만, 아씨, 시골로 가겠습니다."

"몇 리나 되나?"

"몇 린지 사나이들은 일찍 떠나면 하루에 간다고 해두, 저는 이틀에나 겨우 갈걸요."

"혼자 가겠나?"

"물어 가면 가기야 가지요."

아내와 이런 문답이 있는 다음날, 아침 바람이 몹시 불고 추운 날 아침에 어멈은 어린 것을 업고 돌아볼 것도 없는 행랑방을 한번 돌아보면서 아창아창 떠나갔다.

그날 밤에도 몹시 추웠다. 우리는 문을 꼭꼭 닫고 문틈을 헝겊으로 막고 이불을 둘씩 덮고 꼭꼭 붙어서 일찍 잤다.

나는 자면서, 어멈이 잘 갔나, 얼어 죽지나 않았나 하는 생각이 났다.

화수분도 가고 어멈도 하나 남은 어린 것을 업고 간 뒤에는 대문간은 깨끗해지고 시커먼 행랑방 방문은 늘 닫혀 있었다. 그리고 우리집에는 다시 행랑 사람도 안 들이고 식모도 아니 두었다. 그래서 몹시 추운 날, 아내는 손수 어린 것을 등에 지고 이웃집 우물에 가서 배추와 무를 씻어서 김장을 대강 하였다. 아내는 혼자서 김장을 하면서 눈물을 흘리고 어멈 생각을 하였다.

김장을 다 마친 어떤 날, 추위가 풀려서 따뜻한 날 오후에, 동대문 밖에 출가해 사는 동생 S가 오래간만에 놀러 왔다. S에게 비로소 화수분의 소식을 듣고 우리는 놀랐다. 그들은 본래 S의 시댁에서 천거해 보낸 것이다. 그 소식은 대강 이렇다.

화수분이 시골 간 후에, 형 거부는 꼼짝 못 하고 누워 있기 때문에, 형 대신 겸 두 사람의 일을 하다가 몸이 지쳐 몸살이 나서 넘어졌다. 열이 몹시 나서 정신없이 앓으면서도 귀동이(서울서 강화 사람에게 준 큰 계집애)를 부르며 늘 울었다.

"귀동아, 귀동아, 어델 갔나? 잘 있니……."

그러다가는 흐득흐득 느끼면서,

"그렇게 먹고 싶어 하는 사탕 한 알 못 사주고, 연시 한 개 못 사주고…… ."

하고 소리를 내어 어이어이 운다.

그럴 때에 어멈의 편지가 왔다. 뒷집 기와집 진사댁 서방님이 읽어주

는 편지 사연을 듣고,

  "아이구, 옥분아(작은 계집애 이름), 옥분이 에미!"

  하고 또 어이어이 운다. 울다가 펄떡 일어나서 서울서 넝마 전에서 사 입고 간 새 옷을 입고 갓을 썼다. 집안사람들이 굳이 말리는 것을 뿌리치고 화수분은 서울을 향하여 어멈을 데리러 떠났다. 싸리문 밖에를 나가 화수분은 나은 듯이 달아났다.

  화수분은 양평서 오정이 거의 다 되어서 떠나서, 해져 갈 즈음해서 백리를 거의 와서 어떤 높은 고개를 올라섰다. 칼날 같은 바람이 뺨을 친다. 그는 고개를 숙여 앞을 내려다보다가, 소나무 밑에 희끄무레한 사람의 모양을 보았다. 그곳을 곧 달려가 보았다. 가본즉 그것은 옥분과 그의 어머니다. 나무 밑 눈 위에 나뭇가지를 깔고, 어린 것 업은 헌 누더기를 쓰고 한끝으로 어린 것을 꼭 안아 가지고 웅크리고 떨고 있다. 화수분은 왁 달려들어 안았다. 어멈은 눈을 떴으나 말을 못한다. 화수분도 말을 못 한다. 어린 것을 가운데 두고 그냥 껴안고 밤을 지낸 모양이다.

  이튿날 아침에 나무장수가 지나다가, 그 고개에 젊은 남녀의 껴안은 시체와, 그 가운데 아직 막 자다 깬 어린애가 등에 따뜻한 햇볕을 받고 앉아서, 시체를 툭툭 치고 있는 것을 발견하여 어린것만 소에 싣고 갔다.

『조선문단(朝鮮文壇)』(1925)

작품의 이해와 감상

1. 이 작품의 제목 '화수분'은 줄거리와는 반대로 반어적 의미를 지니는바, 그것이 의도하는 효과에 대해 생각해 보자.

2. '화수분'의 어휘 의미를 알아보고 작품의 주제와의 연관성을 검토해보자.

7. 조명희(抱石 趙明熙 : 1894~1942)

작가소개

① 1894년 : 8월 10일 충북 진천의 가난한 양반의 가문에서 태어났다.

② 1910년(17세) : 서울의 중앙 고보에 입학하였다가 1914년 북경 사
관학교에 입학하기 위해 가출했으나 뜻을 이루지 못하고
되돌아왔다.

③ 1919년(26세) : 3·1운동에 참가하여 투옥되기도 했으며 그해 겨울
동경의 동양대학에 유학하여 동양철학을 전공했다. 1920
년 김우진(金祐鎭)과 함께 극예술협회를 조직하여 활동
했으며 1921년『김영일의 사』를 창작하였다.

④ 1923년(30세) : 귀국하여 기자 생활을 하며『파사』라는 희곡을『개
벽』에 발표하였다.

⑤ 1924년(31세) : 6월에는 낭만주의적 경향을 띤 시집『봄 잔디밭 위에』
를 적로(笛蘆)라는 필명으로 발간하였다.

⑥ 1925년(32세) : 카프에 가담하여『땅 속으로』(1925. 2),『마음을 갋아

먹는 사람들』(1926. 9), 『농촌 사람들』(1926. 5) 등의 작품
을 발표했다.
⑦ 1927년(34세) : 『낙동강』을 발표하여 문단의 주목을 받기도 하였다.
⑧ 1928년(35세) : 소련으로 망명하여 산문시 『짓밟힌 고려』와 장편
　　　　　소설 『붉은 깃발 아래서』를 발표하였다.
⑨ 1934년(41세) : 소련 작가 동맹에 가입하여 극동 지부의 상무위원으
　　　　　로 있으면서 『만주 빨치산』을 발표하기도 하였다.
⑩ 1942년(49세)에 사망한 것으로 전해진다.

작품세계

　포석 조명희의 작품 세계는 1920년대 프로 문학의 전개 과정에서
다양한 변모을 보여주었다. 초기에 조명희는 김우진(金祐鎭)과 함께 극
예술협회를 조직하여 활동했으며 1921년 『김영일의 사』를 창작하였다.
귀국하여 기자 생활을 하며 『파사』라는 희곡을 『개벽』에 발표하였다.
조명희에게서 희곡은 사회 현실의 갈등을 극적으로 그려내기 위하여
선택되었다. 또한 시 창작을 통하여 당대 현실에 대한 자아의식을 서정
적으로 투시하여 보여주었다. 단편소설에서는 그의 초기 시나 희곡에
서 보여 주었던 관념성과 낭만적 경향이 사라지고 노동자, 농민의 삶에
관심을 보이며 그들을 계급적으로 옹호하는 사회주의 이념을 주제화하
였다. 이와같이 다양한 장르를 넘나드는 그의 작품 세계는 『낙동강』에
보여준 서정적 사회주의 리얼리즘의 창작 경향으로 집약된다. 작가는

사회주의 운동가인 박성운이 사회주의 건설을 위해 싸우다가 죽음을 맞게 되는 과정을 『낙동강』이라는 자연 대상과의 서정적 융합을 통하여 제시하고 있다. 조명희는 러시아로 망명한 후에 시와 장편 소설을 창작하였으며 사회주의 사상가와 문학 작가로서 부단히 변화와 발전을 모색하였다.

－낙동강(洛東江) －

낙동강 칠백 리 길이길이 흐르는 물은 이곳에 이르러 곁가지 강물을 한몸에 뭉쳐서 바다로 향하여 나간다. 강을 따라 바둑판 같은 들이 바다를 향하여 아득하게 열려 있고, 그 넓은 들 품안에는 무덤무덤의 마을이 여기저기 안겨 있다.

이 강과 이 들과 저기에 사는 인간 강은 길이길이 흘렀으며, 인간도 길이길이 흘렀으며, 인간도 길이길이 살아왔었다. 이 강과 이 인간, 지금 그는 서로 영원히 떨어지지 않으면 아니 될 것인가?

봄마다 봄마다
불어 내리는 낙동강물
구포(龜浦)벌에 이르러
넘쳐넘쳐 흐르네
흐르네 에 헤 야.

철렁철렁 넘친 물
들로 벌로 퍼지면
만 목숨 만만 목숨의
젖이 된다네
젖이 된다네 에 헤 야.

이 벌이 여리고
이 강물이 흐를 제
그 시절부터
이 젖 먹고 자라 왔네
자라 왔네 에 헤 야.

천 년을 산, 만 년을 산
낙동강! 낙동강!
하늘가에 간들
꿈에나 잊을쏘냐
잊힐쏘냐 아 하 야.

어느 해 이른 봄에 이 땅을 하직하고 멀리 서북간도로 몰려가는 한
떼의 무리가, 마지막 이 강을 건널 제, 그네들 틈에 같이 끼여 가는
한 청년이 있어 뱃전을 두드리며 구슬프게 이 노래를 불러서, 가뜩이나
슬퍼하는 이사꾼들로 하여금 눈물을 자아내게 하였다 한다.
　과연, 그네는 뭇 강아지 떼 같이 이 땅 어머니의 젖꼭지에 매달려
오래 오랫동안 살아왔다. 그러던 터에 엎친 데 덮친다고 난데없는 이리

떼 같은 무리가 닥쳐와서 물어박지르며 빼앗아 먹게 되었다.

인제 한모금의 젖이라도 입으로 들어가기 어렵게 되었다. 하는 수 없이 이 땅에서 표박하여 나가게 되었다. 이렇게 된 것을 우리는 잠깐 생각하여 보자.

이네의 조상이 처음으로 이 강에 고기를 낚고, 이 벌에 곡식과 열매를 딸 때부터 세지도 못할 긴 세월을 오래오래 두고 그네는 참으로 자유로웠었다. 서로서로 노래 부르며, 서로서로 일하였을 것이다. 남쪽 벌도 자기네 것이요, 북쪽 벌도 자기네 것이었었다. 동쪽도 자기네 것이요, 서쪽도 자기네 것이었다.

그러나 역사는 한바퀴 굴렀었다. 놀고먹는 계급이 생기고, 일하여 먹여 주는 계급이 생겼다. 다스리는 계급이 생기고, 다스려지는 계급이 생겼다. 그럼으로부터 임자 없던 벌판이 임자가 생기고 주림을 모르던 백성이 굶주려 가기 시작하였다. 하늘의 햇빛도 고운 줄을 몰라가게 되고, 낙동강의 맑은 물도 맑은 줄을 몰라가게 되었다. 천 년이다 오천 년이다, 이 기나긴 세월을 불평의 평화 속에서 아무 소리 없이 내려왔었다. 그네는 이 불평을 불평으로 생각지 아니하게까지 되었다. 흐린 날씨를 참으로 맑은 날씨인 줄 알듯이, 그러나 역사는 또 한 바퀴 구르려고 한다. 소낙비 앞잡이 바람이다. 깃발이 날리었다. 갑오 동학이다. 을미 운동이다. 그 뒤에 이 땅에는, 아니 이 반도에는 한 괴물이 배회한다. 마치 나래치고 다니는 독수리같이. 그 괴물은 곧 사회주의다. 그것이 지나치는 곳마다 기어가는 암나비 궁둥이에 수없는 알이 쏟아지는 셈으로 또한 알을 쏟아 놓고 간다. 청년운동, 농민운동, 형평운동 , 노동운동, 여성운동…… 오천 년을 두고 흘러가는 날씨가 인제는 먹장구름에 싸여 간다. 폭풍우가 반드시 오고야 만다. 그 비 뒤에는 어떠한 날씨가

올 것은 뻔히 알 노릇이다.

　이른 겨울의 어두운 밤, 멀리 바다로 통한 낙동강 어귀에는 고기잡이 불이 근심스러이 졸고 있고, 강기슭에는 찬 물결의 울리는 소리가 높아질 때다. 방금 차에서 내린 일행은 배를 기다리느라고 강 언덕 위에 옹기종기 등불에 얼비쳐 모여 섰다. 그 가운데에는 청년회원, 형평사원, 여성동맹원, 소작인조합 사람, 사회운동단체 사람들이 대부분을 차지하였다. 동저고리 바람에 헌 모자 비스듬히 쓰고 보따리 든 촌사람, 검정 두루마기, 흰 두루마기, 구지레한 양복, 혹은 루바시카 입은 사람, 재킷 깃 위에 짧은 머리털이 다팔다팔하는 단발낭(斷髮娘), 혹은 그대로 틀어 얹은 신여성, 인력거 위에 앉은 병인, 그들은 ○○감옥의 미결수로 있다가 병이 위중한 까닭으로 보석 출옥하는 박성운이란 사람을 고대 차에서 받아서 인력거에 실어 가지고 마을로 들어가는 길이다.
　"과연, 들리는 말과 같이 지독했구먼. 그같이 억대호 같던 사람이 저렇게 될 때야 여간 지독한 형벌을 하였겠니. 에라 이 몹쓸 놈들."
　이 정거장에 마중을 나와서 비로소 병인을 본 듯한 사람의 말이다.
　"그래 가지고도 죽으면 병이 나서 죽었다 하겠지."
　누가 받는 말이다.
　"그러면, 와 바로 병원을 갈 일이지, 곧장 이리 온단 말고?"
　"내사 모른다. 병인 당자가 한사라고 이리 온닥 하니……."
　"이기 와 이리 배가 더디노?"
　"아, 인자 저기 뱃머리 돌렸다. 곧 올락 한다."
　한 사람이 젖고 강기슭을 바라보며 지껄인다. 인력거 위의 병인을 쳐다보며,

“늬, 춥지 않나?”

“괜찮다. 내 안 춥다.”

“아니 늬 춥거든, 외투하나 더 주까?”

“언제. 아니다 괜찮다.”

병인의 병든 목소리의 대답이다.

“보소. 배 좀 빨리 저어 오소.”

강 저편에서 뱃머리를 인제 돌려서 저어 오는 뱃사공을 보고 소리를 친다.

“예.”

사이 뜨게 울려오는 소리다. 배를 저어 오다가 다시 멈추고 섰다.

“저 뭘 하고 있노?”

“각중에 담배를 피워 무는 모양이라꾸나, 에라, 이 문둥아.”

여러 사람의 웃음은 와그르 쏟아졌다.

배는 왔다. 인력거 탄 사람이 먼저다.

“보소, 늬 인력거, 사람 탄 채 그대로 배에 오를 수 있는가?”

한 사람이 인력거꾼보고 묻는 말이다.

“어찌 그럴 수 있능기요.”

“아니다. 내사 내리겠다.”

병인은 인력거에서 내리며 부축되어 배에 올랐다. 일행이 오르자 배는 삐걱삐걱 하는 노 젓는 소리와 수라수라 하는 물 젖는 소리를 내며 저쪽 기슭을 바라보고 나아간다. 뱃전에 앉은 병인은 등불빛에 보아도 얼굴이 참혹하게도 야위어졌음을 알 수 있다.

“보소, 배 부리는 양반. 뱃소리나 한마디 하소, 예.”

“각중에 이 사람, 소리는 왜 하라꼬?”

옆에 앉은 친구의 말이다.

"내 듣고 싶다…… 내 살아서 마지막으로 이 강을 건너게 될는지도 모를 일이다……."

"에라, 이 백주 짬 없는 소리만 탕탕……."

"아니다. 내 참 듣고 싶다. 보소, 배 부리는 양반, 한마디 아니 하겠소?"

"언제, 내서 소리할 줄 아능기오."

"아, 누가 소리해 줄 사람이 없능가? ……아, 로사! 참 소리하소, 의……내가 지은 노래 하소."

옆에 앉은 단발낭(斷髮娘)을 조른다.

"노래하라꼬?"

"응, '봄마다 봄마다' 해라, 의."

"봄마다 봄마다

불어내리는 낙동강물

구포벌에 이르러

넘쳐넘쳐 흐르네

흐르네 에 헤 야.

……."

경상도의 독특한 지방색을 띤 민요(民謠) '닐리리 조'에다가 약간 창가조를 섞은 그 노래는 강개하고도 굳센 맛이 떠어 있다. 여성의 음색으로서는 핏기가 과하고 음률(音律)로서는 선(線)이 좀 굵다고 할 만한, 그러나 맑은 로사의 육성(肉聲)은 바람에 흔들리는 강물결의 소리를 누르고 밤하늘에 구슬프게 떠돌았다. 하늘의 별들도 무엇을 느낀 듯이 눈을 끔벅끔벅하는 것 같았다. 지금 이 배에 오른 사람들이 서북간도 이사꾼들은 비록 아니었지마는 새삼스러이 가슴을 울리지 아니할 수 없었다.

그 노래 제 삼절을 마칠 때에 박성운은 몹시 히스테리컬하여진 모양으로 핏대를 올려 가지고 합창을 한다.

"천년을 산 만년을 산

낙동강! 낙동강!

하늘가에 간들

꿈에나 잊을쏘냐

잊힐쏘냐 아 하 야."

노래는 끝났다. 성운은 거진 미친 사람 모양으로 날뛰며, 바른팔 소매를 걷어 들고 강물에다 잠그며, 팔에 물을 적셔 보기도 하며, 손으로 물을 만지기도 하고 끼얹어 보기도 한다. 옆 사람이 보기에 딱하던지,

"이 사람아, 큰일났구먼, 이 병인이 지금 이 모양에, 팔을 찬물에다 정구고 하니, 어쩌잔 말고."

"내사 이래 죽어도 좋다. 늬 너무 걱정마라."

"늬 미쳤구나…… 백죄……."

그럴수록에 병인은 더 날뛰며, 옆에 앉은 여자에게 고개를 돌려,

"로사! 늬 팔 걷어라, 내 팔하고 같이 이 물에 정궈 보자, 의."

여자의 손을 잡아다가 잡은 채로 그대로 물에다 잠그며 물을 저어 본다.

"내가 해외에 가서 다섯 해 동안을 떠돌아다니는 동안에도, 강이라는 것이 생각날 때마다 낙동강을 잊어 본 적은 없었다…… 낙동강이 생각날 때마다, 내가 이 낙동강 어부의 손자요, 농부의 아들임을 잊어 본 적도 없었다…… 따라서, 조선이란 것도."

두 사람의 손이 힘없이 그대로 뱃전 너머 물 위에 축 처져 있을 뿐이
다. 그는 다시 눈앞의 수면(水面)을 바라다보며 혼자말로,

"그 언제인가 가을에, 내가 송화강(松花江)을 건널 적에, 이 낙동강을
생각하고 울은 적도 있었다…… 좋은 마음으로 나간 사람 같고 보면,
비록 만리 밖을 나가 산다 하더라도 그 같이 상심이 될 리 없으련마
는……."

이 말이 떨이지자, 좌중은 호흡조차 은근히 끊어지는 듯이 정숙하였
다. 로사는 들었던 고개가 아래로 떨어지며 저편의 손이 얼굴로 올라갔
다. 성운의 눈에서도 한 방울의 굵은 눈물이 뚝 떨어졌다.

한동안 물소리만 높았다. 로사는 뱃전에 늘어져 있던 바른손으로 사
나이의 언 손을 꼭 잡아당기며,

"인제 그만둡시다, 의."

이 말끝 악센트의 감칠맛이란 것은 경상도 여자의 쓰는 말 가운데에
도 가장 귀염상이 드는 말투였다. 그녀는 그의 손에 물을 손수건으로
씻어 주며 걷었던 소매를 내려 준다.

배는 저쪽 언덕에 가 닿았다. 일행은 배에서 내리자, 먼저 병인을
인력거 위에다 싣고는 건넛마을을 향하여 어둠을 뚫고 움직여 나갔다.

그의 말과 같이, 박성운은 과연 낙동강 어부의 손자요, 농부의 아들이
었다. 그의 할아버지는 고기잡이로 일생을 보내었었고, 그의 아버지는
농사꾼으로 일생을 보내었었다. 자기네 무식이 한이 되어 그 아들이나
발전을 시켜 볼 양으로 그리하였던지, 남 하는 시세에 쫓아 그대로 해보
느라고 그리하였던지, 남의 논밭을 빌려 농사를 지어 구차한 살림을
해나가면서도, 어쨌든 그 아들을 가르쳐 놓았다. 서당으로, 보통학교로,
도립 간이 농업학교로……

그가 농업학교를 마치고 나서, 군청 농업 조수로 한두 해를 있었다. 그럴 때에 자기 집에서는 자기 아들이 무슨 큰 벼슬이나 한 것같이 여기며, 만나는 사람마다 자기 아들 자랑하기가 일이었었다. 그리할 것 같으면 동네 사람들 또한 못내 부러워하며, 자기네 아들들도 하루바삐 어서 가르쳐 내놀 마음을 먹게 된다.

그러다가, 마침 독립운동이 폭발하였다. 그는 단연히 결심하고 다니던 것을 헌신짝같이 집어던지고는, 독립운동에 참가하였다. 일 마당에 나서고 보니 그는 열렬한 투사였다. 그때쯤은 누구나 예사이지마는 그도 또한 일 년 반 동안이나 철창생활을 하게 되었었다.

그것을 치르고 집이라고 나와 보니 그 동안에 자기 모친은 돌아가고, 늙은 아버지는 집도 없게 되어 자기 딸(성운의 자씨)에게 가서 얹혀 있게 되었다. 마침 그해에도 이곳에서 살 수가 없게 되어 서북간도로 떠나는 이사꾼이 부쩍 늘 판이다. 그들의 부자도 그 이사꾼들 틈에 끼여 멀리 고향을 등지고 떠나게 되었었다(아까 부르던 그 낙동강 노래란 것도 그때 성운이 지어서 읊은 것이었다).

서간도로 가보니, 거기도 또한 편안히 살 수가 없는 곳이었다. 그 나라의 관헌의 압박, 횡포는 여간이 아니었다. 그들 부자도 남과 한가지로 이리저리 떠돌았다. 그야말로 이역 타향에서 늙은 아버지조차 영원히 잃어버리게 되었었다.

그 뒤 그는 남북 만주, 노령, 북경, 상해 등지에 돌아다니며, 시종이 일관하게 독립운동에 노력하였었다. 그러는 동안에 다섯 해의 세월은 갔다. 모든 운동이 다 침체하고 쇠퇴하여 갈 판이다. 그는 다시 발길을 돌려 고국으로 향하게 되었다. 그가 조선으로 들어올 무렵에, 그의 사상 상에는 큰 전환이 생기었다. 그것은 다른 것이 아니라 이때껏 열렬하던 민족주의자가 변하여 사회주의자로 되었다는 말이다.

그가 갓 서울로 와서, 일을 하여 보려 하였으나, 그도 뜻과 같이 못하였다. 그것은 이 땅에 있는 사회운동단체란 것이 일에는 힘을 아니 쓰고, 아무 주의주장에 틀림도 없이, 공연히 파벌을 만들어 가지고, 동지끼리 다투기만 일삼는 판이다. 그는 자기의 뜻이 같은 사람끼리 얼리어 양방의 타협운동도 일으켰으나 아무 효과도 없었고, 여론을 일으켜 보기도 하였으나, 파쟁에 눈이 뻘건 사람들의 귀에는 그도 크게 울리지 못하였다. 그는 분연히 떨치고 일어서며,
"이 파벌이란 시기가 오면 자연히 파멸될 때가 있으리라."
고 예언같이 말을 하여 던지고서는, 자기 출생지인 경상도로 와서 남조선 일대를 망라하여 사회운동단체를 만들어서 정당한 운동에만 힘을 쓰게 되었다.
그리고 자기는 자기 고향인 낙동강 하류 연안지방의 한 부분을 떼어 맡아서 일을 보게 되었다.
그리고, 그는 이 땅의 사정을 보아,
"대중 속으로..!"
하고 부르짖었다.
그가 처음으로, 자기 살던 옛마을을 찾아와 볼 때에 그의 심사는 서글프기 가이없었다. 다섯 해 전 떠날 때에는 백여 호 대촌이던 마을이 그 동안에 인가가 엄청나게 줄었다. 그 대신에 예전에는 보지도 못하던 크나큰 함석지붕이 쓰러져 가는 초가집들을 멸시하여 위압하는 듯이 둥구럿이 가로 길게 놓여 있다. 그것은 묻지 않아도 동척창고임을 알 수 있다. 예전에 중농(中農)이던 사람은 소농(小農)으로 떨어지고, 소농

이던 사람은 소작농(小作農)으로 떨어지고, 예전에 소작농이던 많은 사람들은 거의 다 풍비박산하여 나가게 되고, 어렸을 때부터 정들었던 동무들도 하나도 볼 수 없었다. 그들은 모두 도회로, 서북간도로, 일본으로, 산지사방 흩어져 갔었다. 대대로 살아오던 자기네 집터에는 옛날의 흔적이라고는 주춧돌 하나 볼 수 없었고(그 터는 지금 창고 앞마당이 되었으므로) 다만 그 시절에 사립문 앞에 있던 해묵은 느티나무(괴목:槐木)만이 지금도 그저 그 넓은 마당 터에 홀로 우뚝 서 있을 뿐이다. 그는 쫓아가서, 어린아이 모양으로 그 나무 밑둥을 껴안고 맴을 돌아보았다 뺨을 대어 보았다 하며 좋아서 또는 슬퍼서 어찌할 줄을 몰랐다. 그는 나무를 안은 채 눈을 감았다. 지나간 날의 생각이 실마리같이 풀려나간다. 어렸을 때에 지금 하듯이 껴안고 맴돌기, 여름철에 꼭대기까지 기어 올라가 매미 잡다가 대머리 벗겨진 할아버지에게 꾸지람 당하던 일, 마을의 젊은이들이 그네를 매고 놀 때엔 자기도 그네를 뛰겠다고 성화 받치던 일, 앞집에 살던 순이란 계집아이와 같이 나무그늘 밑에서 소꿉질하고 놀제, 자기는 신랑이 되고 순이는 새악시 되어 시집가고 장가가는 흉내를 내던 일, 그러다가 과연 소년 때에 이르러 그 순이란 새악시와 서로 사모하게 되던 일, 그 뒤에 또 그 순이가 팔려서 평양인가 서울로 가게 될 제, 어둔 밤, 남모르게 이 나무 뒤에 숨어서 서로 붙들고 울던 일, 이 모든 일이 다 생각에서 떠돌아 지나가자 그는 흐르륵 느껴지는 숨을 길게 한 번 내어쉬고는 눈을 딱 떴다.

"내가 이까짓 것을 지금 다 생각할 때가 아니다…… 에잇……쩨
……."

하고 혼자 중얼거리고는 이때껏 하던 생각을 떨어 없애려는 듯이 획 발길을 돌려 걸어나갔다. 그는 원래 정(情)의 사람이었다. 그러나

그는 근래에 그 감정을 의지로 누르려는 노력이 많은 터이다.

"혁명가는 생무쇠쪽 같은 시퍼런 의지(意志)의 마음씨를 가져야 한다!"

이것이 그의 생활의 지표이다. 그러나 그의 감정은 가끔 의지의 굴레를 벗어나서 날뛸 때가 많았다.

그는 먼저 일할 프로그램을 세웠다. 선전, 조직, 투쟁, 이 세 가지로, 그리하여 그는 먼저 농촌 야학을 설치하여 가지고 농민 교양에 힘을 썼었다. 그네와 감정을 같이할 양으로 벗어 붙이고 들어 덤비어 그네들 틈에 끼여 생일도 하고, 농사 일터나, 사랑구석에 모인 좌석에서나, 야학시간에서나 기회가 있는 대로 교화에 전력을 썼었다.

그 다음에는 소작조합을 만들어 가지고 지주, 더구나 대지주인 동척의 횡포와 착취에 대하여 대항 운동을 일으켰었다.

첫 해 소작 쟁의에는 다소간 희생자도 내었지마는 성공이다. 그 다음 해에는 아주 실패다. 소작조합도 해산 명령을 받았다. 노동야학도 금지다. 동척과 관영의 횡포, 압박, 이루 말할 수가 없었다. 아무리 열성이 있으나, 아무리 참을성이 있으나, 이 땅에서는 어찌할 수가 없었다. 모든 것이 침체되고 말 뿐이었다. 그리하여 작년 가을에 그의 친구 하나는 분연히 떨치고 일어서며,

"내 구마 밖으로 갈란다. 여기에서 무슨 일을 할 수 있는가? 하자면 테러지. 테러밖에는 더 없다."

"아니다, 그래도 여기 있어야 한다. 우리가 우리 계급의 일을 하기 위하여는 중국에 가서 해도 좋고, 인도에 가서 해도 좋고, 세계의 어느 나라에 가서 해도 마찬가지다. 그러나 우리 경우에는 여기 있어 일하는 편이 가장 편리하다. 그리고 우리는 죽어도 이 땅 사람들과 같이 죽어야

할 책임감과 애착을 가지고 있다.”

이같이 권유도 하였으나, 필경에 그는 그의 가장 신뢰했던 동무 하나
를 떠나보내게 되고 만 일도 있었다.

졸고 있는 이 땅, 아니 움츠러들고 있는 이 땅, 그는 괴칠할이 생기고
말았다 그것은 다른 것이 아니다. 이 마을 앞 낙동강 기슭에 여러 만
평 되는 갈밭이 하나 있었다. 이 갈밭이란 것도 낙동강이 흐르고 이
마을이 생긴 뒤로부터, 그 갈을 베어 자리를 치고 그 길을 털어 삿갓을
만들고, 그 갈을 팔아 옷을 구하고, 밥을 구하였었다.

기러기 떴다 낙동강 위에
가을 바람 부누나 갈꽃이 나부낀다.

이 노래도 지금은 부를 경황이 없게 되었다. 그 갈밭은 벌써 남의
물건이 되고 말았다. 그것은 이 촌만의 무지로 말미암아, 십 년 전에
국유지로 편입이 되었다가 일본 사람 가등이란 자에게 국유 미간지
철일(拂)이라는 명의로 넘어가고 말았다. 이 가을부터는 갈도 벨 수가
없었다. 도 당국에 몇 번이나 사정을 하였으나, 아무 효과가 없었다.
촌민끼리 손가락을 끊어 맹세를 써서 혈서동맹까지 조직하여서 항거하
려 하였다. 필경에는 모두가 다 실패뿐이다. 자기네 목숨이나 다름없이
알던 촌민들은 분김에 눈이 뒤집혀 가지고 덮어놓고 갈을 베어 제쳤다.
저편의 수직꾼하고 시비가 생겼다. 사람까지 상하였다. 그 끝에 성운이
선동자라는 혐의로 붙들려 가서 가뜩이나 검찰당국에서 미워하던 끝에
지독한 고문을 당하고 나서 검사국으로 넘어가 두어 달 동안이나 있다
가 병이 급하게 되어 나온 터이다.

그런데 여기에 한 에피소드가 있다. 그것은 이 해 여름 어느 장날이다. 장거리에서 형편 사원들과 장꾼 그 중에도 장거리 사람들과 큰 싸움이 일어났다. 싸움 시초는 장거리 사람 하나가 이곳 형평사 지부 앞을 지나면서 모욕하는 말을 한 까닭으로 피자에 말이 오락가락하다가 싸움이 되고 또 떼싸움이 되어서, 난폭한 장거리 사람들이 몽둥이를 들고 형평 사원 촌락을 습격한다는 급보를 듣고, 성운이가 앞장을 서서, 청년 회원, 소작인 조합원 심지어 여성 동맹원까지 총출동을 하여 가지고 형평사원 편을 응원하러 달려갔었다. 싸움이 진정된 후,

"늬도 이놈들, 새 백정이로구나"

하는 저편 사람들의 조소와 만매를 무릅쓰고도 그는,

"백정이나 우리나 다 같은 사람이다……다만 직업의 구별만 있을 따름이다…… 무릇 무슨 직업이든지, 직업이 다르다고 사람의 귀천이 있는 것은 결코 아니다. 그것은 옛날 봉건시대 사람들의 하는 말이다…… 더구나 우리 무산계급은 형평 사원과 같이 손을 맞붙잡고 일을 하여 나가지 않으면 아니 된다…… 그러므로 형평사원을 우리 무산 계급은 한 형제요 동무로 알고 나아가야 한다……."

하고 여러 사람 앞에서 열렬히 부르짖은 일이 있었다.

이 뒤에, 이곳 여성 동맹원에는 동맹원 하나가 더 늘었다. 그것이 곧 형평 사원의 딸인 로사다. 로사가 동맹원이 된 뒤에는 자연히 성운과도 상종이 잦아졌다. 그럴수록에 두 사람의 사이에는 점점 가까워지고 필경에는 남 다른 정이 가슴속에 깊이 들어 배게까지 되었었다.

로사의 부모는 형평사원으로서, 그도 또한 성운의 부모와 마찬가지로 딸일망정 발전을 시켜 볼 양으로 그리하였던지 서울을 보내어 여자 고등보통학교를 졸업시키고 사범과까지 마친 뒤에 여훈도가 되어 멀리

함경도 땅에 있는 보통학교에 가서 있다가 하기 방학에 고향에 왔던 터이다. 그의 부모는 그 딸이 판임관이라는 벼슬을 한 것이 천지개벽 후에 처음 당하는 영광으로 알았었다. 그리하여 그는,

"내 딸이 판임관 벼슬을 하였는데, 나도 이 노릇을 더할 수 있는가?"

하고는, 하여 오던 수육업이라는 직업도 그만두고, 인제 그 딸이 가 있는 곳으로 살러 가서 새 양반 노릇을 좀 하여 볼 뱃심이었다. 이번에 딸이 집에 온 뒤에도 서로 의논하고 작정하여 놓은 노릇이다. 그러나, 천만뜻밖에 그 몹쓸 큰 싸움이 난 뒤부터 그 딸이 무슨 여자 청년회 동맹이니 하는 데 푸떡푸떡 드나들며, 주의자나 무엇이니 하는 사나이 틈바구니에 가서 끼여 놀고 하더니, 그만 가 있던 곳도 아니 가겠다, 다니던 벼슬도 내어 놓겠다 하고 야단이다. 그리하여 이네의 집안에는 제일 큰 걱정거리가 생으로 하나 생기었다. 달래다, 구슬리다, 별별 소리로 다 타일러야 그 딸이 좀처럼 듣지를 않는다.

필경에는 큰소리까지 나가게 되었다.

"이년의 가시네야! 늬 백정놈의 딸로 벼슬까지 했으면 무던하지, 그보다 무엇이 더 나은 것이 있더노?"

하고 그의 아버지는 야단을 칠 때에,

"아배는 몇 백 년이나 몇 천 년이나 조상 때부터 그 몹쓸놈들에게 온갖 학대를 다 받아 왔으며, 그래도 그 몹쓸 놈들의 썩어 자빠진 생각을 그저 그대로 가지고 있구먼. 내사 그까짓 더러운 벼슬이고 무엇이고 싫소구마…… 인자 참 사람 노릇을 좀 할란다."

하고 딸이 대거리를 할 것 같으면,

"아따 그년의 가시내, 건방지게…… 늬 뭐라 캤노? 뭐라 캐?"

그의 어머니는 옆에서 남편의 말을 거드느라고,

"야, 늬 생각해 보아라. 우리가 그 노릇을 해가며 늬 공부시키느라꼬 얼마나 애를 먹었노. 늬 부모를 생각기로 그럴 수가 있는가?…… 자식이라꼬 딸자식 형제에서 늬만 공부를 시킨 것도 다 덕을 보자꼬 한 노릇인지 아니냐?"

"그러면, 어매 아배는 날 사람 노릇 시킬라꼬 공부시킨 것이 아니라, 돼지 키워서 이(利) 보드끼 날 무슨 덕 볼라꼬 키워 논 물건으로 알았는 게오?"

"늬 다 그 무슨 쏘리고? 내사 한마디 몬 알아듣겠다…… 아나, 늬와 이라노? 와?"

"구마, 내 듣기 싫소…… 내 맘대로 할라요."

할 때에, 그 아버지는 화가 버럭 나서,

"에라 이…… 늬 이년의 가시내, 내 눈앞에 뵈지 마라. 내사 딱 보기도 싫다 구마."

하고는 벌떡 일어나 나가 버린다.

이리하고 난 뒤에 로사는 그 자리에 푹 엎으러져서 흑흑 느껴 가며 울기도 하였다. 그것은 그 부친에게 야단을 만나고 나서 분한 생각을 참지 못하여 그러는 것만도 아니었다. 그의 부모가 아무리 무지해서 그렇게 굴지마는, 그 무지함이 밉다가도 도리어 불쌍한 생각이 난 까닭이었다.

이러할 때도, 로사는 으레같이 성운에게로 달려가서 하소연한다. 그럴 것 같으면 성운은,

"당신은 최하층에서 터져 나오는 폭발탄 같아야 합니다. 가정에 대하여, 사회에 대하여, 같은 여성에 대하여, 남성에게 대하여, 모든 것에 대하여 반항하여야 합니다."

하고 격려하는 말로 하여 준다. 그럴 것 같으면 로사는 감격에 떠는 듯이 성운의 무릎 위에 쓰러져 얼굴을 파묻고 운다. 그러면 성운 또,

"당신은 또 당신 자신에 대하여서도 반항하여야 되오. 당신의 그 눈물 약한 것을 일부러 자랑하는 여성들의 그 흔한 눈물도 걷어치워야 되오…… 우리는 다 같이 굳센 사람이 되어야 합니다."

이같이, 로사는 사랑의 힘, 사상의 힘으로 급격히 변화하여 가는 사람이 되었다. 그의 본 성명도 로사가 아니었다. 어느 때 우연히 로사룩셈부르크의 이야기가 나올 때에 성운이가 웃는 말로,

"당신 성도 로가로 하니, 아주 로사라고 지읍시다, 의."

그리고 참말 로사가 되시오 하고 난 뒤에, 농이 참 된다고, 성명을 아주 로사로 고쳐 버린 일이 있었다.

병든 성운을 둘러싼 일행이 낙동강을 건너 어둠을 뚫고 건넌 마을로 향하여 가던 며칠 뒤 낮결이었다. 갈 때보다도 더 몇 배 긴긴 행렬이 마을 어귀에서부터 강 언덕을 향하고 뻗쳐 나온다. 수많은 깃발이 날린다. 양렬로 늘어선 사람의 손에는 긴 외올 벳자락이 잡혀 있다. 맨 앞에 선 검정테 두른 기폭에는 '고 박성운 동무의 영구'라고 써 있다.

그 다음에는 가지각색의 기다. 무슨 '동맹', 무슨 '회', 무슨 '조합', 무슨 '사', 각 단체 연합장임을 알 수 있다. 또 그 다음에는 수많은 만장이다.

'용사는 갔다. 그러나 그의 더운 피는 우리의 가슴에서 뛴다.'

'갔구나, 너는! 날이 밝기 전에 너는 갔구나! 밝은 날 해맞이 춤에는 네 손목을 잡아 볼 수 없구나.'

'……'

‘……’

이루 다 셀 수가 없다. 그 가운데에는 긴 시구(詩句)같이 이렇게 벌여서 쓴 것도 있었다.

‘그대는 평시에 날더러, 너는 최하층에서 터져 나오는 폭발탄이 되라, 하였나이다. 옳소이다. 나는 폭발탄이 되겠나이다.

그대는 죽을 때에도 날더러, 너는 참으로 폭발탄이 되라, 하였나이다. 옳소이다. 나는 폭발탄이 되겠나이다.’

이것은 묻지 않아도 로사의 만장임을 알 수 있었다.

이해의 첫눈이 푸뜩푸뜩 날리는 어느 날 늦은 아침, 구포역(龜浦驛)에서 차가 떠나서 북으로 움직여 나갈 때이다. 기차가 들녘을 다 지나갈 때까지, 객차 안 들창으로 하염없이 바깥을 내다보고 앉은 여성이 하나 있었다. 그는 로사이다. 아마 그는 돌아간 애인의 밟던 길을 자기도 한 번 밟아 보려는 뜻인가 보다. 그러나 필경에는 그도 멀지 않아서 다시 잊지 못할 이 땅으로 돌아올 날이 있겠지.

『조선지광(朝鮮之光)』(1927)

작품의 이해와 감상

1. 성운과 로사의 관계를 통하여 사회적 이념을 성취하기 위해 성운의 죽음을 미래의 투쟁 의지로 고취하는 사회주의의 긍정적인 주인공(Positive Hero)의 형상에 대하여 토론해보자.

2. 제목 '낙동강'이 주는 상징적인 의미와 알아보고 소설 속에서 시가 삽입되면서 나타나는 효과에 대하여 토론해보자

1920년
한국 현대소설의 이해와 감상 1

인쇄일 초판 1쇄 2005년 05월 14일
　　　　2쇄 2015년 05월 16일
발행일 초판 1쇄 2005년 05월 20일
　　　　2쇄 2015년 05월 22일

지은이 김 해 옥
발행인 정 진 이
발행처 새미
등록일 1994.03.10, 제17-271호

서울시 강동구 성내동 447-11 현영빌딩 2층
Tel : 442-4623~4 Fax : 442-4625
www. kookhak.co.kr
E- mail : kookhak2001@hanmail.net
ISBN 978-89-5628-153-7 (set)
　　　 978-89-5628-154-4 *04810
가 격 7,000원